ラルーナ文庫

狼獣人と恋するオメガ

淡路 水

三交社

CONTENTS

Illustration

駒城ミチヲ

狼獣人と恋するオメガ

本作品はフィクションです。
実際の人物・団体・事件などにはいっさい関係ありません。

正午を告げるルドラニル聖堂のカリヨンの音が町中に響き渡った。

凛(りん)とした美しい音が、清々(すがすが)しく晴れ渡った空にゆったりと広がっていく。

不幸を追い払って幸せを呼び込むと言われるカリヨンが奏でる旋律は、まるで天使の歌声のようである。

トワはその音にうっとりと聞き惚(ほ)れかけたが、はっ、と顔を上げた。

「わ！　もうお昼!?」

そうして慌てて自転車のペダルを踏み、必死で漕(こ)ぎはじめる。

早く店に帰らないと。

ピピガがきっと困っているだろう。午後から寄り合いがあると言っていた。トワが店に戻らないとピピガは寄り合いに行けなくなってしまう。

「もう、なんだってあんなところに釘(くぎ)なんかあったんだよ」

ぶつくさ言いながらも、ペダルを回すスピードは緩めない。別にサボっていたわけではなかったが、自分の不注意で自転車をパンクさせてしまい、時間を食ってしまった。だからちょっぴり後ろめたい。

ここは湖の町コルヌ。

機械産業で名を馳せるイオ公国にある穏やかな山あいの町である。イオの三名峰と呼ばれる、アルパリ、シューウス、マヤムを背にし、目の前にはイオ一の湖であるエレウェン湖をたたえている。イオ最高峰のアルパリは険しいが美しい斜面を持っており、その優美な姿は誰をも魅了している。この絶景に囲まれたコルヌは豊富な水があるということから、イオを支える機械産業のうちでも、精密機械産業を主としていた。

そして非常に特徴的なのはここに住むのはヒトだけでないということである。

イヌ属や、狼属のハイランダー――高地専門の傭兵――の住む山がほど近く、さらに肥沃な土地柄でもあるため農業や牧畜が盛んで、それを得意とする羊属たちなど様々な獣人も多く住んでいた。

さらには宿場町という顔も持っている。なにしろイオの首都アーラへのアクセスが格段にいい。

アーラへの交通手段は主に蒸気船。湖に沿って敷かれている鉄道もあるが、アーラへは湖を横断するのが断然早い。コルヌとアーラを結ぶ蒸気船が日に何本も行き来しており、鉄道を使うより格安で時間も半分以下である。そんなことからこの町は、交通の拠点となっており、旅行者や出稼ぎ労働者など一時的に立ち寄る者も多かった。

小川にかかる石橋をトワは猛スピードで渡る。ぐい、とひときわ強くペダルを踏んで、自転車を加速させた。

トワは自転車が好きだ。

ぐんと風を受けて速いスピードで下りる坂道も、平坦な道を一生懸命ペダルを漕いで町中を駆け抜けるのも。目の前に映る景色がペダルを漕いでいると溶けていって、風と自分が一体になる感じがいい。

風に乗ってぷんと小麦の焼ける香ばしい匂(にお)いが漂ってくる。やがて川のほとりにある小さな店が見え、そこに自転車を止めた。その店のドアの横にはパンの絵が描かれている木製の看板。

トワはこのピピガのパン屋で働いている。

「ただいま！　ピピガ！　ごめん、遅くなって」

大慌てでドアを開けて、声をかけた。

全速力で自転車を走らせてきたので、息も切れているし、すっかり汗だくだ。

トワの赤い髪の毛からも、汗がしたたり落ちている。

「おかえりトワ。遅いからどうしたのかと思ってたよ。それよりひどい汗だ。汗を拭(ふ)いておいで」

この店の主人であるピピガがおっとりと言う。

ピピガは羊属の獣人だ。奥さんのエトナも羊属。はっきりした年齢はわからないが、ふたりとも五十代くらいだろうか。夫婦でこのパン屋を経営していて、トワはこの店で働かせてもらっていた。

ピピガもエトナも穏やかでやさしく働き者で、トワはこのふたりとこの店が大好きなのだ。ふたりは孤児のトワを自分の子のように可愛がってくれていた。

「ごめん。道に転がってた釘を踏んで、自転車がパンクしちゃって。修理に時間取られちゃったんだ。でもちゃんとパンはノコエさんちに届けてきたから」

「そりゃ災難だったねえ。急いで帰ってきてもらって悪いんだけど、今日の寄り合いは中止になったんだよ。さっき連絡がきてね」

ピピガがのんびりと言う。

「そうなの？」

店の奥からタオルを持ってきて、ガシガシと乱暴に髪の毛や汗だくになった顔と首を拭きながらトワはピピガに聞いた。

「うん。会長さんが急に町長さんに呼ばれちゃってね。なんでもアーラから偉いひとが来てるらしくて。その接待で会長さんとこの店を使うから、っていうんで寄り合いは延期に」

商工会の会長はコルヌでも一番大きなレストランのオーナーだ。今日は商工会の寄り合いがあって、その店に集まることになっていたのだが、その当の会長も集会場所になっているレストランも都合が悪くなってしまったようだった。

「そうなんだー」

「だからそんなに慌てて帰ってこなくてもよかったんだけど、悪かったね」

ピピガは彼のせいでもないのに、トワに謝る。

「なに言ってんの。結果的にそうでも遅れたのは俺だし。でも、ちょっとホッとした」

へへ、とトワは笑う。

「トワ、疲れたでしょ。冷たいもんでも飲んで。ほら、カーギ水よ。よく冷えてるから」

エトナが奥から顔を出し、トワを呼びつけてカーギという花の蜜(みつ)を水で薄めた飲み物が入ったグラスをよこした。カーギはこのあたりに群生していて、花の蜜は甘く食用に、茎や葉や根は薬に用いるという万能の植物だ。

「ありがと、エトナ」

トワはグラスを受け取って、中のカーギ水をごくごくと喉(のど)を鳴らして飲み干した。全速力で三十分ほども自転車を漕いできたのだ、喉も渇いている。一気に飲むとようやく疲れも取れたような気がした。

「あ、トワ、あとで粉を一袋挽いてきてくれないか。この前仕入れたベルフール産のを試してみたくてね。袋に赤い線が三本入っているからそれを」

「オッケー。ベルフールのって、初めてだよね」

「ああ。あのあたりの粉は高くてなかなか手が出せなかったんだけどね、今年は豊作らしくて、案外安く手に入れられたんだよ。見た感じは悪くなかったんだが、やっぱり一度作ってみないことにはね」

ピピガの言葉に「了解」と返事をして、トワはグラスを奥の部屋へ片づける。

トワはピピガの焼くパンが好きだ。パンでも料理でも人柄が出ると言われるが、ピピガのパンはやさしくあたたかな彼そのもので、一口食べるだけでほんわかと心があったかくなるような気がするのだ。

特に、ピピガの体毛そのものの真っ白な丸パンは、噛むとほんのりと甘くて、この店の看板パンだった。

朝にはいつも焼きたてを求める客がやってきて、あっという間になくなってしまうくらいなのである。今日も朝に焼いたパンは何種類かの甘いおやつパンしか残っていない。とはいえ、オーブンからは香ばしい匂いがしているから、追加のパンがそろそろ焼き上がる時間だろう。

「トワ、焼き上がりを確認してくるから、ちょっと店番を代わってくれないかい？」

店頭からピピガの声がして、トワは「はーい、今行くね」と返事をした。

トワがピピガに代わって店頭に立つ。

今、並んでいるパンは、刻んだ煮リンゴを生地に混ぜ込み、それをクルンと丸めピピガの角のような形にして焼いて、その上からシナモンシュガーを振ったもの。それから、やわらかい生地の中にゴロゴロのチョコレートを入れて焼いた丸いパン。そして大きな揚げパンにたくさんの砂糖を振ったものだったり、干しぶどうが入ったパンにたっぷりのクリームを挟んだものなど。

食事用のパンは抜群に美味しいけれど、このおやつパンだって、どれも見ているだけでよだれが出てくるほど美味しい。毎日こんなパンが食べられるなんて幸せだとトワはにんまりしながら、店番をしていた。

「おい、パン屋だってよ」

男のガラガラ声がドアの外から響いてくる。どうやら客のようだ。トワがそう思うと同時に店のドアが開いた。

体格のいい強面の男が三人、店内にドカドカと入ってくる。

「いらっしゃいませ」

トワが言うと、男たちはトワの顔を見て、ヒュウ、と品のない口笛を吹いた。

「へえ、パン屋だってのに、やけに別嬪(べっぴん)さんがいるじゃねえか」

ニヤニヤと男は下品な笑みを浮かべてトワの顔をじろじろと見る。

このあたりでは見ない男たちだ。

おそらくエレウェン湖周辺の工場へ出稼ぎに行こうという者たちなのだろう。見るからに荒くれ者といった風体の男たち。

イオは表向き民間用の重工業を担っている国であるが、裏の顔は軍需産業で儲(もう)けている。しかも現在、イオでは機械工学派と遺伝子工学派が対立して、政権を争っているというが、トワたちの日々の暮らしにはあまり実感はない。ことに自分たちの周りでは、そういうきなくさいギスギスとした空気とは無縁である。

トワも難しい話はよくわからないし、政治のことは自分たちには関係ないから、さして関心もなかった。

それはさておき、エレウェン湖沿いにはそういう目的の工場がたくさんあって、そこにこういった男たちが働きに行く。なにしろ重労働とはいえ、他の工場に比べ賃金が段違いにいい。だから力自慢、体力自慢の男たちが工場へ集まるのだった。湖周辺の町に向かうにはアーラかコルヌで乗り換えるのが一番いい。そんなことで乗り換えのために彼らはコルヌに立ち寄る。

「掃き溜めに鶴ってやつだな。こんな美人、なかなかお目にかかれねえ」

男が言うとおり、トワはたいそうきれいな顔をしていた。髪の毛の色こそ赤いが、大きな目は深い緑色をしていて宝石のようだし、その目を縁取る睫毛も長くてトワの目を際立たせている。また白い肌は高級な磁器のようだった。ほんのり薄紅の頬も、みずみずしい赤い唇もまるで人形のようだと皆は言う。

「こんなしけたパン屋で働いてんのはもったいねえな」

下卑た視線を向けているそのうちのひとりはイヌ属で、クンクンと鼻を動かし匂いを嗅いでおり、トワへ向かって指さした。

「おい、こいつオメガみたいだぜ。オメガのフェロモンの匂いがしやがる」

オメガ、と聞いて男たちは一斉にざわついた。

この世界には男性・女性という性とは別に、アルファ、ベータ、オメガという三つの個体種が存在している。

その中でもオメガというのは非常に特殊な種であった。

まずアルファというのは先天的に優れた能力を持ち、そのカリスマ性ゆえリーダー気質の者が多い。この世界を牽引している層のほとんどがこのアルファで構成されていると言っても過言ではないだろう。全体のほぼ一割程度存在し、社会的地位も高いエリート層なのである。

またベータはこの世界の八割以上を占めている個体種だ。

アルファほど突出した能力はないものの、優秀な者も一定数存在し、アルファを補佐する者も多いが、その逆ももちろんある。いずれにしてもごくごく一般的である、このベータという種が社会を形成しているというわけだ。

そしてオメガはその種としての特徴も他の種とはまったく異なり、さらに数も非常に少ない。アルファと同じくらいか、あるいはアルファに満たないくらいの数しか存在しない種である。

しかもその独特の特殊性によって、差別を受けることも多かった。

その特徴というのは、オメガは女性のみならず男性であっても妊娠できるということだ。また、月に数日から一週間程度発情期が存在して、主につがいを持たないアルファを強烈なフェロモンで引き寄せてしまう。それだけでなく、ときにはベータですら不用意に惹きつけることもある。

今はともかく、男女関係なく子が産めるという特徴を持つ彼らは、かつてはアルファの種の存続のために彼らに隷属していたという歴史があった。アルファ同士では容易に妊娠ができず出産率が低いが、オメガは発情期にアルファと性交すれば八割以上の確率で妊娠できる。アルファとオメガでは格段にアルファという種を出産できる確率が高いため、かつては繁殖を目的としたビジネスが行われてもいた。そういった歴史もあって、オメガは冷遇されている。

そしてオメガはことのほか美しい容姿を有していた。

魅惑的な容貌はやはり様々な者たちを魅了する。フェロモンだけでなく麗しい外見もあって、オメガという種は遠巻きに扱われていた。

フェロモンは現在それを抑制する薬もあり、以前に比べると発情期をコントロールできるようになっているし、近年オメガに対する理解も格段に深まっていて他のベータなどと同様には扱われるようになっている。とはいえ、やはり根強い差別は残っているのだが。

ただ、オメガはベータと異なり、アルファと「つがう」ことができる。つがい、というのはアルファとオメガの間にのみ発生する繋がりである。アルファとアルファ、アルファとベータ、またベータとオメガでは婚姻関係は結ぶことはできるものの、つがいという強い絆で結ばれることはない。

一種の契約のようなものではあるが、それはなにより強い絆だった。

それにアルファのつがいになったオメガはフェロモンを発さなくなることから、オメガはアルファとつがいになることをなにより望む者も多い。

トワはまだつがいを持たない。

好きなひと(アルファ)はいて、つがいになりたいと望んでいるけれど、相手はトワのことなんかなんとも思っていない。単なる片思いだ。

そんなトワのことなんかまったく知りもしない、目の前の男どもは好き勝手なことを言い出した。

「はは！　おまえオメガか。オメガってあれだろ。セックスのときすっげー淫乱(いんらん)って話じゃねえか」

「あれだろ？　やれれば誰でもいいんだろ」

相変わらず下卑た表情で、いやらしい笑いを浮かべ、トワに絡んでくる。

トワが店の奥のほうをちらりと横目で見ると、ピピガが陰に潜んでこちらの様子を窺(うかが)っているのがわかった。

(まったく、ピピガってば。……まあ、でも仕方がないか……)

羊属の性格としてピピガは臆病者(おくびょうもの)なので、こういうときには店の奥に引っ込んでしまう。争うことがなにより苦手なのだ。彼はやさしいがトラブルにはてんで弱い。

「悪いんだけど、パンを買わないなら、帰ってくんない？」

トワは気丈に男たちを睨みつけながらそう言った。

これでは営業妨害だ。この男たちがいるせいで、パンを買いに来た子どもが店の中に入ってこられないかもしれないというのに。

「堅いこと言うなよ。なあ、一発やらせろって。金なら持ってるからよ」

「どうせおまえも夜はどっかの店で客とってんだろ。オメガだけの売春宿もあるらしいじゃねえか。なんつっても、発情期のオメガはめちゃくちゃエロいらしいし」

そんなゲスな言葉を吐く者どもに、トワは睨むことしかできない。なにか言い返しても力尽くでやられるのが関の山だ。

残念ながらトワの体は華奢にできていて、この男たちにとっては赤ん坊も同然だ。

ピピガはピピガであてにならないし……と、どうしようかと途方に暮れていると、突然店のドアが開いた。

「……ったく、なにやってんだ。さっさと大声出せよ」

ドアを開けて姿を現したのは、この荒くれ者たちと同じくらい体の大きな狼獣人。

艶やかな銀色の毛並みに包まれた彼の体は張りのある筋肉で覆われている。鼻筋が通り、強い光をたたえた金色の瞳を持つ美しい男だ。

太い首回りからすっとした鼻先までふわりとしたやわらかそうな毛皮で包まれて、尻からはふさりとした形のいい太い尻尾が伸びている。どこからどう見てもかっこいい。

「ヒュウゴ！」

トワは現れた狼獣人のこの男の名前を呼んだ。

彼はピピガの店の向かいに住んでいる。機械の修理を生業としている男だ。おそらく店の中でトラブルが起こっていることを察してやってきてくれたのだろう。

「なんだなんだ、おまえは」

イヌ属の男がヒュウゴの前に立ち塞がる。

「それはこっちのセリフだ。ここはパン屋なんでな、迷惑だから客じゃないもんはさっさと出て行ってくれないか」

睨みをきかせてヒュウゴが言うと、「うるせえ！」とイヌ属の男はヒュウゴに摑みかかろうとした。が、ヒュウゴはそれをひらりと躱し、逆に男の手を逆手にとる。そうしてすぐにねじ上げた。

「いっ、痛えっ！　放せ！」

かなり痛いようで男は苦悶の表情を浮かべている。額には脂汗が滲んでいた。

「あんまり動くなって。腕折れるって。折れたら仕事ができなくなっちまうぞ」

ギリッ、とヒュウゴはよけいに腕を捻(ひね)り上げる。ミシ、とトワの耳にも軋(きし)んだ音が聞こえてくるように思えた。

「くそっ！」

今度は他の男がヒュウゴへ向かっていく。

しかしヒュウゴは腕を掴んでいるイヌ属の男をとっさに盾にした。勢いよく向かってきた男はイヌ属の男にタックルをくらわす形になってしまう。

「ぐえっ」とカエルを踏み潰(つぶ)したような声を上げたのはヒュウゴではなく、イヌ属の男のほうだった。

「迷惑だって言ってんだろうが。ちゃんと俺の話を聞いてないな、おまえら」

ヒュウゴは呆(あき)れたようにそう言うと、掴んでいたイヌ属の男をこともなげに外へ放り出した。さらに他の男たちへ足を向ける。

「おい、どうするんだ？　パン、買っていくのか？　いかないのか？」

ずいっと彼らの前に立ちはだかると、じろりと睨みつけてそう口にする。

男たちはヒュウゴが自分たちよりも強いとわかったのか、ぶるぶると震えている。ひきつった笑いを浮かべながら、「か、買いますっ」とすぐさま財布を取り出した。

「トワ、こいつら買い物していくとさ。——なあ、どのパンにするんだ？　ピピガのパンは旨いぞ」

　ハハハ、とヒュウゴは笑いながら、男たちの背をバンバンと叩いた。

　結局男たちは残っていたパンのほとんどを買って、しおしおとしながら店を出て行った。

　彼らが出て行くと、トワは、はーっ、と大きな安堵の息をついた。そうして改めてヒュウゴに向き直る。

「ありがと。助けてくれて」

　トワが礼を言うと、ヒュウゴは「いいってことだ」と破顔した。

「けど、いつも言ってるだろう？　ああいう手合いがやってきたらすぐ大声出せって。すぐそこにいるんだ。おまえの声くらいはっきり聞こえる」

「でも……」

　そうは言っても、それこそいつものことだ。こういったことは日常茶飯事で今日だけのことではない。トワがオメガである以上はついてまわる。そのたびにヒュウゴを頼ってしまうのもどうかと思うのだ。

　いつもこうしてヒュウゴはトワが困っていると助けてくれるけれど、迷惑をかけているようで心苦しい。

「まったくおまえときたら。どうせ俺に悪いとか、ろくでもないこと考えてんだろうけどな、そんなの気にするな。迷惑なんて思っちゃいないから。それよかおまえが毎日にこにこしてる顔を見るほうがずっといい。ピピガもエトナもそう思ってるさ。——なあ？　そうだろ？　ピピガ」

ヒュウゴはようやく店頭に出てきたピピガへ顔を振り向けた。

「そうだよ、トワ。ヒュウゴの言うとおりさ。悪かったね、怖くなって出て行けなくて」

ピピガがトワに申し訳なさそうに謝る。

「なに言ってんの、ピピガ。俺だってヒュウゴが来るまでめちゃめちゃ震えてたろ。あんなに体の大きなやつが何人も来たら、ピピガじゃなくたって怖くなるって。それにもしあんたが出てきたところで喧嘩ふっかけられて、うっかり怪我でもしたら、肝心のパンが焼けなくなっちゃうだろ。そんなの俺のほうが困るよ」

トワはピピガにそう言った。

なによりピピガはトワの恩人だ。捨て子で数年前まで教会併設の孤児院で暮らしていたトワをこの店で働かせてくれた上、住まいまで用意してくれたのだから。

十八になると大人としてみなされ、孤児院は出なくてはならなくなる。自分で働き口も住まいも探さなくてはならなかったのだが、オメガだからという理由で断られていた。半ば追い詰められていたトワにピピガ夫妻が手を差し伸べてくれたのだ。

事情を聞いたピピガはトワに「裏の物置でよければ」と、トワが住めるように改築して格安の家賃で貸してくれ、それだけでなくトワを雇ってくれた。

自分たちに子どもがいないからとふたりはトワを可愛がってくれるし、近所のひとたちも皆よくしてくれる。

今日のようなことはときどきあるし、政府からただで配布されるフェロモン抑制剤の質はあまりよくないが、今のところなんとかなっているし、娯楽も刺激も特にあるわけではないけれど概ね平凡な毎日はそれなりに幸せだ。

「さ、次のパンも焼けたよ。トワ、並べておくれ」

エトナが奥からトワを呼ぶ。

「はーい！　今行く」

トワが返事をすると、「じゃ、俺は戻る」そうヒュウゴは言い、くるりと背を向けた。

「ヒュウゴ、あとで行くね！　夕飯持っていくから」

「ああ、けど無理すんじゃねえぞ」

「無理なんかじゃないって！」

「わかったわかった。じゃあな」

ヒュウゴは手をひらひらと振って、そのまま店から出て行く。

トワはその頼もしい背中をうっとりと見つめながら、彼を見送った。

あれから今日の仕事を全部終えて、トワは急いで自分の家に帰った。

売れ残ったパンをわけてもらって、それを夕飯にするつもりだ。もちろんパンだけでは夕飯に足りないし、温かいものが食べたい。

「えっと……干し肉と、それから」

台所に行くと、鍋(なべ)に水を入れてそれから野菜かごに入っていた野菜を手際よく切っていく。干し肉も削って鍋の中に入れた。火をつけて野菜と干し肉を煮る。干し肉と野菜のだしがよく出るはずだ。

ぐつぐつと鍋が音を立てている。そこに塩といい香りのするハーブを入れる。

「ん、いい感じ」

味見をして、上出来、とトワはにっこりと笑う。

「できた！」

鍋の中のスープに満足しながら、トワは再び出かける用意をしはじめた。ピピガからもらったパンが入った袋と、それからこのできたてのスープ。鍋ごと持って、家を出る。

行き先はヒュウゴの家だ。

ピピガの店の脇を抜けて、道を渡るとそこがヒュウゴの家。

「ヒュウゴ！　ヒュウゴ！　開けて！　トワ！」

ノックもせずにドアの前で声を上げると、すぐに「待ってろ」と中から声が聞こえた。

「大声を出さなくても聞こえる。俺の耳がいいのはおまえもわかってるだろう」

ヒュウゴが苦笑しながらドアを開ける。

「わかってるけど、でも」

少しでも、ほんの一秒でも早くヒュウゴの顔が見たかった。ドアの前で待たされる時間すら惜しいくらいなのだ。

「まあ、いい。ほら、入れ」

「うん、今日はね、干し肉でスープを作ってきたよ。エトナがヒュウゴに作ってやりな、って干し肉をくれたんだ」

トワはスープの鍋を掲げる。ぷん、といい匂いのするスープに、ヒュウゴもひくひくと鼻を動かした。

「ほお、そりゃいい。トワのスープは旨いからな。ありがとう」

褒められて、にんまりとトワは笑みを浮かべる。

ヒュウゴの家に入るとまず目に入るのはたくさんの機械の部品。ねじだのぜんまいだのがあちこちに乱雑に置かれてある。

彼はアルファだ。数年前まで空軍の飛行士で、五年前からこの村に住み着いていた。なんでも怪我で軍を辞めたらしい。

といっても、多くのアルファは軍を退役するとアーラに居を構える者ばかりで、こんなコルヌのようなところに住み着く者はそうそういない。しかも悠々自適の生活を送ることができる身分なのに、いくら機械に詳しくても、好んで車や機械の修理を引き受けることもないだろう。

変わってるって言われるよ、とヒュウゴはいつも笑うが、確かに他のいけ好かないアルファとはまったく違う種類の男だった。

無骨だがやさしいひとだ。

「ヒュウゴ、これなに？」

トワがテーブルの上にあるものを見て聞いた。

彼はときどきへんてこな機械を作ることがある。おそらくこれも彼が変わり者と呼ばれるゆえんなのかもしれない。

鉄製の筒の上に、空洞の大きなガラス玉がのっている。鉄の筒には注ぎ口がついていて、そこにコーヒーカップがセットされていた。さらに鉄製の筒はなにやら機械仕掛けと見えて、手回しのハンドルがついており、どうやらそれを回すとなにか起こるらしい。

また妙なものを、と思いながらトワはじっとそれを見つめた。

「これか？　まあ、見てな」

ヒュウゴはにやりと笑い、機械に手をかけた。

パコッと筒の上のガラス玉を取り外すと、筒の中に水を入れる。そして筒の上にコーヒーの粉を入れた皿を置くと再びガラス玉を取りつけた。

「トワ、そのハンドル回してみろ。二十回な」

「ハンドル？　これ？」

トワが指さすと、ヒュウゴは頷く。トワは言われるままに、ぐるぐるとそのハンドルを回しはじめた。すると筒の中からガラス玉の中に向かって、茶色い水が噴水のように噴き出した。

「うわっ」

トワは驚いて目を見開き、ハンドルを回す手を止める。

「二十回って言っただろう。もう少し回すんだよ」

ヒュウゴはまん丸い目をしているトワに代わって、ハンドルを手にするとぐるぐると回した。

「これでしばらく待つ」

ヒュウゴがハンドルを回す手を止めてもガラス玉の中へ水は吹き出し続け、そうして今度は水が再び筒の中に吸い込まれた。

「そしてだな」

ヒュウゴは鉄の筒についている注ぎ口のコックを捻る。——と、そこからいい香りのするコーヒーがカップの中に注がれた。

「トワ、さあ、どうぞ。砂糖はスプーンにみっつ、だな」

ヒュウゴはそう言って、砂糖をカップの中に入れてぐるぐるとかき回した後で、それをトワに勧める。

「ヒュウゴ……これ……？」

トワはこわごわとカップの中を覗き込む。一応これはコーヒー……なのだろうか。

「コーヒーだよ。ほら、冷めないうちに飲むといい」

確かに香りも色もコーヒーだ。あのあやしい機械から出てきたけれど。

トワはごくりと生唾を飲み込んで、おそるおそるカップに手をかけた。カップからは湯気が立っていて、とてもいい香りがしている。

一口、口に含む——とそれは本当にコーヒーだった。

「わ！　本当にコーヒー！」

それはとても美味しいコーヒーだった。ヒュウゴは筒の中に湯ではなく、ただの水を入れたのに、カップの中のそれはとても温かだ。

「だろ？」

ははは、とヒュウゴが豪快に笑った。

「すっごい！　水を入れたのに、どうして熱いわけ？　ここんとこにちっちゃく火が入ってんの？」

トワが筒をあちこちの方向からじろじろと見る。

「違うよ、トワ。こいつのここの部分に電熱線を仕込んでてな、このハンドルを回すと電熱線が熱くなって水を湯にしちまうんだ」

筒に入れた水は湯になり、筒の中に入れたコーヒーの粉をその湯で抽出する、ということをヒュウゴは簡単に説明してくれた。機械は複雑でハンドルを回すだけで電熱線をなぜあっという間に熱くするのか、詳しい仕組みはわからないが、とにかくこの機械があれば湯をいちいち沸かさずとも、いつでも美味しいコーヒーが飲めるということはわかった。

「へえ。ヒュウゴってば、やっぱすごい」

感心したように溜息をつきながらそう言うと、ヒュウゴは「そうでもねえよ」と照れくさそうな顔をした。

彼はアルファなのに、気取ったところがまるでない。それを彼に言うと、「アルファなんて別に偉くもなんともないさ」と笑い飛ばすのだった。

そんなふうに気さくな彼はコルヌの皆にも好かれている。

実は彼がやってきてはじめの頃、軍人上がりのアルファということや、またこの狼獣人といういかつい見てくれもあってか、遠巻きにされていたと聞いた。コルヌはそこそこ大きな町だが、首都のアーラに比べたらやっぱり田舎町でアルファは町長や医師や弁護士などほんの一握りしかいない。

それに彼らアルファは屋敷も段違いに大きく暮らしぶりも贅沢で、トワたちのような者からしたら別世界に住んでいるような気がするが、ヒュウゴは他のアルファとは違っていた。自分たちとまったく変わらない、質素な暮らしをしていて、それもあって胡散臭く見られていたようだ。

そんなヒュウゴが町のひとたちに受け入れられたのはやはり彼のひと柄によるところが大きい。彼がコルヌにやってきてすぐの頃、軍人だったからか医学にも詳しい彼は、事故に遭った町民に医者顔負けの応急処置を施したことがあったという。それ以来町のひとの信頼も厚くなったということだった。

もちろんピピガもヒュウゴを頼りにしている。パンを焼く釜の調子が悪かったり、車の調子が悪いのを、ヒュウゴは快くみてくれていて、だからいつもトワに「ヒュウゴに持っていって」とパンをわけてくれるのだ。

「それよりメシにしよう。すっかり腹ぺこだ」

「わっ、ごめん。すっかり忘れてた。スープ冷めちゃったから温め直させて」

言って、トワはスープの入った鍋を台所へ持って行き、火にかけた。温めている間、一緒に持ってきたパンを皿に並べる。コケモモのジャムと一緒にテーブルの上に置いて、カトラリーも用意した。

ほどよく温まったスープを器によそい、「どうぞ」とヒュウゴに勧める。

彼はトワのスープを口にすると「旨い！」と大きな声を出した。

ヒュウゴはリラックスすると、彼の耳がピクピクと小さく動く。トワはそれを見て満足そうな顔になる。しかし、彼の次の言葉はトワの機嫌を著しく損ねた。

「いつもおまえの料理は旨いな、トワ。いつでもいいつがいが見つかるぞ」

彼はきっと褒め言葉のつもりで言っているのだろうが、その言葉はトワにとっては腹立たしいことこの上ない。というのも――。

「もう！　ヒュウゴ！　俺はヒュウゴのつがいになりたいっていつも言ってんだろ！　だったら早く俺をつがいにしてよ」

ずいっとトワはヒュウゴへ詰め寄った。

トワの想いびとはこのヒュウゴである。彼にはじめて助けられた日から、ずっとトワはヒュウゴに恋をしていた。

ヒュウゴと出会ってすぐのことだ。

トワが発情期の際、薬に粗悪品が混ざっていたらしく、まったく効かずに他のアルファに襲われそうになったことがある。

そこをヒュウゴが助けてくれた。

トワの前に颯爽と現れたヒュウゴはそれはそれはかっこよくて、しかもものすごく強い。今日の荒くれ者もだが、数人の屈強なジャガーですら倒してしまうくらいで、それはもう惚れ惚れとするほど。そして――トワは一目で恋に落ちたのだった。しかも頼りがいがあってやさしいとくれば、それだけで好きにならないわけがない。

それ以来ヒュウゴはトワの王子様なのである。

「おいおい、まだ諦めてないのか」

けれどヒュウゴはいつもつれない。トワが好き、好き、と言うのを聞き流し、まるで相手にしてくれないのだった。

トワはヒュウゴを一目見たときから運命のつがいだと思っているのに、ヒュウゴは違うと言い張る。トワをヒュウゴが助けたことで、なにか勘違いしているのだと、穏やかに笑って彼は否定する。否定されてもトワはヒュウゴに恋をしていた。

つがうならヒュウゴがいい、毎日そう言うが、当の彼はトワの頭をくしゃりと撫でるだけでまるで子ども扱いなのである。

「諦めるわけないじゃん。ねえ、いいだろ。なにも結婚してって言ってるわけじゃないんだし。……そりゃ結婚できたらいい、って思うけど、俺にはそこまでヒュウゴを束縛できないし……。でもヒュウゴのつがいになりたいんだって。本気なの！」

「あのなあ……」

「俺だって、この前の誕生日でもう二十歳になったんだよ？　もう子どもじゃないの。だから、ねえ、抱いて？　それとも俺のこと嫌い？」

「だからトワ……勘弁しろって。嫌いだったら、こうしてメシを一緒に食ってないだろうが。それになあおまえには他にもっとふさわしい――」

ヒュウゴがぶつぶつと続けるのをトワは「ヒュウゴ！」と大きな声で遮った。

「あのね、ふさわしいとかふさわしくないとか、それヒュウゴが決めることじゃないだろ。

俺はヒュウゴが好きなの。なあ、そんなに俺って魅力ない？　どうしたらヒュウゴのつがいにしてくれんの？」

ねえ、とトワはヒュウゴの首に腕を回して、上目遣いで首を傾げる。

彼の豊かな毛並みは暖かくて、それだけでトワをほっと安心させてくれる。このひとのつがいになったら、きっとずっとずっと幸せでいられるような気がするのだ。

大好きで大好きなヒュウゴ。

だからトワはいつでも彼に振り向いて欲しくて必死だった。

おそらく、ヒュウゴ以外の者なら、トワのこのコケティッシュな仕草でイチコロなはずだ。けれどどうしてかヒュウゴにはまるきり相手にされないのだった。

「だからトワ待てって――ふ……は……は、は、ハクシュン！」

ハクシュン、とヒュウゴは何度もくしゃみをした。

こうなるともうダメだった。

「あー……もう……ヒュウゴってば……また薬飲み忘れたんでしょ……」

「わ、悪い。……トワ、頼む、薬取ってくれ」

「……はーい」

トワはヒュウゴの首に回していた手をほどき、言われたとおりにかごの中に入っている薬の瓶を取って、彼に手渡した。

ヒュウゴは通年性の鼻炎持ちだ。年がら年中くしゃみと鼻づまりと鼻水と戦っている。おかげでトワのオメガフェロモンをろくに感じることがないようで、だから、トワが発情期だろうがなんだろうがフェロモンに影響されることがほとんどない。

それはトワにとっていいのか悪いのか……割と、いやかなり不満なところである。発情期にヒュウゴを誘い込んでつがいになってもらおうと画策したこともあったけれど、その目論見は大いに外れ、がっかりしたし、よけいなアルファを誘い込んでしまって、逆にヒュウゴに迷惑をかけてしまった。

以来、小細工はせずに真っ向勝負でアタックしているが、まったくもってけんもほろろの状態である。

ヒュウゴはとてもモテる。

行きつけの酒場のきれいどころのみならず、コルヌ一の美女までヒュウゴに「お嫁さんにして」と言い寄り、あげくこの家まで押しかけてくることもあった。そういった美人まで袖にするほどなのだが彼に恋人はいない。

トワもコルヌでも評判の美人だし、ヒュウゴほどではないが結構モテる。それこそトワ会いたさにピピガの店に通ってくる客もいないわけではない。なのに、ヒュウゴときたらトワのことは三年前にはじめて会ったとき同様、今でも子ども扱いで恋愛対象にはしてくれないのだった。

「……ねえ、ヒュウゴってさ」

水で薬を飲むヒュウゴをトワはじっと見つめながら声をかけた。

「ん？」

ヒュウゴが振り向く。

「もしかして、インポ？」

トワの言葉にヒュウゴは口に含んでいた水をブーッと噴き出した。当然薬もだ。

「なにを言い出すかと思ったら。……ったく、この悪ガキめ。俺はインポでもなんでもねえぞ」

じろりと横目で見られ、トワは「だって……」とふて腐れたように呟いた。

「ヒュウゴはそんなにかっこいいのに、教会の神父様みたいに清い生活だし、どうやって性欲処理してんのかなって」

「トワ……もうやめろって。怒るぞ」

「セックスできるくせに……だったら、俺がオメガだから相手にしてくれないの？　やっぱり結婚するならアルファのほうがいい？」

濡れたテーブルを布巾で拭いているヒュウゴにトワは聞く。

ヒュウゴは忙しく動かしていた手をいったん止めて、トワのほうへ顔を向けた。そうして、はー、とひとつ大きく息をつく。

「違う。結婚する気なんかないっていつも言ってんだろうが」

「……俺、ヒュウゴの赤ちゃん欲しい」

これでも極めてトワは真剣なのだが、いつものように「バカ」とデコピンされておしまいだった。

「いいお嫁さんになると思うんだけどな……」

「トワ……今日はどっかおかしいぞ。どうかしたのか？　あれからピピガんとこでなんかあったのか」

「ないよ、別に」

「そうか。それならいいけどな。今日は疲れたんだろ。――ああ、そうだ。明日の休み、また飛行機でも乗るか？　明日は天気もいいらしいしな。アルパリまで飛んでやるぞ。トワはアルパリの尾根を見るのが好きだろう？」

なんだかんだ言って、ヒュウゴはトワを甘やかしてくれる。こうしてトワが自分勝手な我が儘めいたことを言っても、けっして邪険にはしない。

「好きだけど……」

「どうした？　気が乗らない？　やめとくか？」

　たぶん、トワは他のひとたちよりもずっとヒュウゴには特別に思ってもらえているはずだ。……そう信じたい。

「ううん、行く。……アルパリの虹の池、見られるかな」

「運がよけりゃな」

「見られるといいな」

「じゃ、明日の朝は早起きだぞ。なんせ虹の池は朝が最高だ」

「そうだね。──じゃ、俺お弁当作るよ」

　ヒュウゴは自分の飛行機を持っている。なんでも軍を退役するときに、自分が乗っていた愛機を譲り受けたということだった。その飛行機は村のはずれにある丘に保管していて、整備も丹念に行っており、いつでも動かせる状態にしてある。

　そしてときどきこうしてトワを空の散歩に連れていってくれるのだった。

　ヒュウゴは「空を飛んでると、小さなことでくよくよしてんのがバカらしく思える」と言うが、そうかもしれない。大きな、どこまでも続く空から眺める景色は、たとえ雄大なアルパリすらちっぽけに思えるから不思議だ。ヒュウゴはトワが彼にやけにしつこく絡んでいる原因が、昼間不愉快な思いをした八つ当たりだとそう思っているのかもしれない。

そしてそれはあながち間違いでもなかった。

オメガだから、そう言われて軽んじられる自分の存在が疎ましいのはトワ自身で、一番オメガであることをコンプレックスに思っている。ヒュウゴはオメガであることを恥じることはないと言うけれど、心のどこかでヒュウゴもトワのことを疎んでいるのでは、と疑心暗鬼に陥ることもないわけではなかった。

しかし、その不信感めいたものを払拭してくれるのもいつもヒュウゴだ。

ヒュウゴはトワのことを邪険にはしない。こうやって甘えられるのもヒュウゴだけ。

「弁当か。楽しみだな」

くしゃっ、とトワの髪の毛をかき混ぜるその手はやっぱりやさしい。

いくらかトワの機嫌も直り、食事の続きを終えたときドアのノックの音が聞こえた。

「ヒュウゴ、俺。ヤクモ」

ドアの向こうからくぐもった声でヤクモという男が名乗った。

「おう、開いてるぞ」

ヒュウゴが答えるなり、ドアがギイッと軋んだ音を立ててゆっくりと開く。そうしてひとりの男が姿を見せた。

「お、取り込み中だったか？　悪いな」

にやりと笑いながら入ってきたのはイヌ属の男で、ヤクモという。古くからのヒュウゴの友人だということで、よく遊びに来ていた。彼はアーラに住んでいるが仕事の関係でよくコルヌに立ち寄るらしい。そのたびヒュウゴのところに顔を見せていて、おかげでトワともすっかり顔なじみだ。

黒くスレンダーな体躯（たいく）のイケメンで、ちょっと軽薄なところがあるものの、明るい男である。

「ヤクモ！　もう、取り込み中ってわかってんならこんな時間に来ないでよ」

せっかくのヒュウゴとの時間を邪魔されてトワは再び不機嫌な顔になった。しかもヒュウゴはどこかホッとしたような顔をしている。なんだかちょっと悔しい。

「なに言ってんだ。メシ食ってただけだぞ」

ほら。いいところに来てくれたと思っているらしい、ヒュウゴは満面の笑みでヤクモを迎え入れていた。

「よお、トワ。ヒュウゴはあれから落とせたか？」

ヤクモはトワに寄っていくと、こそこそと耳打ちをする。

彼はトワがヒュウゴのことを好きなことを知っている。というか、そもそもトワがヒュウゴを追いかけているのは、コルヌの者なら誰でも知っているし、だからヒュウゴの友人であるヤクモも知っていて当然なのだが。

「見ればわかるじゃない。……全然ダメ。色仕掛けも通用しないし……俺、そんなにヒュウゴの好みじゃないのかな」

「あー……まあ……色気はちょーっと足りねえかもなあ……。ガキ相手にしてるようなもんだし。セックスしたいって気には……なあ？」

ヤクモは頭のてっぺんから足のつま先までトワを舐めるように見ると、苦笑しながらそう言った。

「色気……」

色気、と聞いて、トワはがっくりと肩を落とす。

ヤクモの言うとおり、自分にはセクシーさのかけらもないことは自覚している。けれど改めて他人の口からしみじみと言われるとさすがにこたえた。

「ま、まあ、ほら、トワは別嬪さんだし。素材は最上級なんだからさ、色気なんてこれからだって」

へこんだトワを慰めるヤクモは、実はこう見えて気のいいやつだ。

「おい、ヤクモ。こんな時間に来るってことはなんか急ぎの用でもあるのか」

ヒュウゴがさっきの機械を使って淹れたコーヒーを差し出しながら、ヤクモに聞く。

確かにそうだ。時間を見ると、もうアーラへ帰る蒸気船の最終便が出た後である。どこかの帰りにここへ立ち寄るにしても、この時間に到着する列車や船はすべてアーラから出ているものしかない。ということは、彼はヒュウゴに用があって、アーラからこんな時間にやってきたということだ。

「え、あ……うん、ちょっと……。この前の……」

ヤクモはトワのほうを気にしながら曖昧な返事をしていた。

その様子に、トワは彼がヒュウゴに大事な用があるのだと悟る。ヒュウゴにはまだトワには知ることのない、どこか謎めいた部分がある。ときどき、彼のところに身なりのいい紳士が訪ねてきたり、ふらっと数日家を空けることもあった。

そういったコルヌの住人ではない、よそからの来客があるときのヒュウゴはトワに見せる顔とはまったく別の顔になっていた。いつものやさしい目をする彼ではなく、隙など見せない厳しい表情をする。といってもそれをトワは不意に見かけて知っているだけで、けっしてトワの前ではそういう顔をすることはなかった。

それにこのヤクモという男のことだって友人と言いつつ、本当は違うのではないかと常々トワは思っている。互いの言葉遣いこそラフで気安いものだが、どちらかというと部下と上司というか……ヤクモはヒュウゴに一目置いている気がする。

「あっ、お、俺そろそろ帰るね。ヤクモはゆっくりしていって。あと、もしお腹空いてるんだったら、そこにスープ残ってるから、あっためて食べて。ヒュウゴ、鍋は明日取りにくるからそのままでいいからね」

じゃあね、と言ってトワはそそくさと帰り支度をはじめた。

ヒュウゴは引き留めるでもなく、「そうか、悪いな」とだけ言って、トワを玄関先まで見送る。

「気をつけて帰れよ」

「すぐそこじゃない」

「すぐそこだって、油断は禁物だ。特におまえはもうすぐ発情期の時期だろうが」

ヒュウゴにはトワの発情期の時期まで把握されているくらい親しくなっているのに、このつれなさがトワにはさみしい。

「わかってるけど」

「用心しろよ。それから明日の朝、忘れるな」

明日の朝、と聞いてトワははっと顔を上げた。

そうだ、明日は飛行機に乗せてもらう約束をしたのだ。

「うん！　じゃ、ヒュウゴ、また明日ね！」

トワは顔いっぱいの笑顔を作ってヒュウゴに抱きつく。

「ああ、明日な」

ヒュウゴはトワが抱きついてきたのを拒絶することなく、ただ背中をやさしくぽんぽんと手のひらで叩く。その心地よい感触に満足しながらトワはヒュウゴから離れて、「明日ね！」と手を振った。


「えっ」

次の日、張り切ってお弁当を作り、トワはヒュウゴの家を訪ねたが、ヒュウゴは留守だった。ドアをノックすると出てきたのはヤクモ。

「ごめんな。約束あったんだろ。……ヒュウゴ急用ができちまってさ、昼頃には戻ると思うんだけど。中入って待ってて、ってヒュウゴが」

すまなそうにヤクモがトワに事情を説明する。

あれほど念を押されたのにとか、ヒュウゴのほうから約束を取りつけたのにとか、文句のひとつも言いたい気持ちは募るものの当の本人はいない。怒るのを通り越してトワは気持ちが沈んだ。

今朝は早起きして、一緒に食べるお弁当を作った。クリーム入りのスクランブルエッグをたっぷり挟んだサンドイッチに、ベーコンと焼いた玉ねぎと、それから酢漬けのキャベツを挟んだサンドイッチ。ショウガ入りのクッキーと作りたてのキャラメル。

「ほら、トワ。そんなとこ突っ立ってないで、入れよ。コーヒー淹れてやるから」

明らかにがっかりした様子のトワにヤクモも同情したのだろう。気遣う言葉をかける。

「でも……いいよ。俺、いったん帰る」

苦笑いを浮かべてトワが断ったときだ。やにわにヤクモがぐいとトワの腕を引っ張り、無理やりトワを家の中に入れてドアを閉めた。

「ちょ、ちょっと！　ヤクモ！」

どういうつもりだ、とトワが食ってかかろうとしたとき、ヤクモが「しっ」と彼の唇に指を立てるような仕草をした。

「え？」

トワは目をぱちくりさせ、聞き返す。

だがヤクモはトワには返事をせず、ドアに耳を当ててなにか外の物音を気にしている。わけがわからなかったが、トワは声を出さずにおとなしくしていた。

そうしてややしばらくして、ようやくヤクモはドアから耳を離す。

「ヤクモ、な、なんだったの」

怪訝そうにトワが訊ねると、ヤクモは苦く笑い声を潜めながら「こっち」と部屋の奥のテーブルへ座るように言った。

ヤクモは部屋の窓からまた警戒するようにあたりを見回し、小さく息をつくとやっとトワと同じようにテーブルにつく。こんなピリピリとしたヤクモの態度ははじめてで、トワは息を呑んだ。

「あのさ、トワ。最近、おまえの周りで変なこと起こらなかったか?」

唐突なヤクモの質問にトワは黙って首を振る。

「ううん。別に――あ、そういえばこの前手紙を間違えて配達したかもって言って、郵便屋さんがうちに訪ねてきたけど。手紙なんてさあ、一度ももらったことないよ、って言って帰ってもらったけど、念のため探してくれないかってしつこくてさ」

トワは孤児だから、家族がいない。だから手紙などトワによこす者は誰もいないため、生まれてから今まで郵便屋に手紙を配達してもらったことなど一度もなかった。

それなのにあのときは郵便配達のひとがやけにしつこくトワの家に入りたがったのだ。ちょうどピピガに呼ばれたから断ったが、あれはなにかおかしいと思っていた。

「おい、トワ、それってなにもされなかったか」

いつもはチャラチャラ軽いノリのヤクモが真面目な顔で聞いてくる。

「ん？　なにも。そのときはピピガに呼ばれてさ、ごめんね、って言って断ったんだよね。忙しいからって」

「それだけか？」

「う、うん。それだけ」

たいそうな剣幕のヤクモにトワは気圧された。こんなヤクモははじめてだ。だがトワの返事を聞いて、彼はほおっ、と大きく息をついた。

「それならいいけど。あと、妙なのがコルヌの中うろついてるの見たことないか」

ヤクモに聞かれてトワは首を傾げた。

妙なの、と言われても、もともとコルヌというところは日常的に種々雑多なひとたちが通り過ぎていく。昨日ピピガの店で絡まれた男たちのような荒くれ者から、旅行のついでに立ち寄る貴族たちまで様々だ。

トワの反応にヤクモは、「だよなあ……。コルヌってとこはそうだったな」とトワの思っていることを見透かしたかのようにぼそりと呟いた。

「やっぱ、おまえヒュウゴが帰ってくるまでここにいろ、な？」

ヤクモの口調は強い。やはり様子がおかしかった。

おかしいというと、ヒュウゴもおかしい。トワとの約束を突然すっぽかすなんてことは今までなかったことだ。

「ねえ、なんかあるの？　さっきからヤクモおかしい」

「あとで説明する……とにかくヒュウゴが帰ってくるまでここにいろ。いいな」

真顔のヤクモに諭され、トワはしぶしぶ「……わかったよ」と返事をする。不本意だが仕方がない。

トワはヤクモのことを一応は信用している。ヒュウゴの友達だし、なによりヤクモはヒュウゴのことをとても尊敬しているようだった。それにヒュウゴもヤクモに心を許している。だからトワは素直にヤクモの言うことを聞くことにした。

しかし正午のカリヨンの音が鳴ってもまだヒュウゴは帰ってこない。

「ヒュウゴ遅い」

不満げにトワは呟く。ヤクモと一緒にいるのもそろそろ飽きてきた。しかもヒュウゴが戻ってくるまで外に出てはいけないと言う。

「ねえってば。ヒュウゴ、いつ帰ってくんの。っていうかどこ行ったわけ」

「わかんねえって。俺だってちゃんと知らされてないんだから」

「えー、なにそれ」

ぶーぶーとトワが文句を言い続けていたとき、コンコン、とドアをノックする音が聞こえた。

「ヒュウゴ！」

トワはヒュウゴが帰ってきたと思い、玄関へ向かって一目散に駆け寄ろうとした。が、それを阻止したのはヤクモだ。

「トワ！　待て！」

腕をがっしりと掴まれ、ドアを開けようとするのを止められる。

「ちょっと！　なにすんだよ」

じたばたと暴れるトワにヤクモは「ダメだっつの」と言って押さえ込む。

「ヒュウゴから、いろいろ言われてんだよ。俺が出る」

怖い顔をしてヤクモが「どちらさま」とドアを開けずに低い声で問いかけると、少し高めの若い男の声が「トワそこにいるんでしょ」と聞いてきた。

ヒュウゴではない。しかし、その声はよく知った声だ。

「リリトだ」

トワが「リリトだって」とヤクモを押しのけてドアを開ける。隙間から見えたのはやっぱりトワの親友のリリトだった。

「リリト、どうしたの」

「ん？　昨日俺アーラに行ってきてさ、トワにお土産買ってきたんだけど、トワんち行ったらいなかったからこっちかなー、って。あれ？　ヒュウゴは？　なんでヤクモなんかが出てきちゃうわけ」

リリトは訝しげにトワの隣に立っているヤクモへ視線を向ける。

「うっわ、リリト、ヤクモなんか、ってひどくない？　なんか、って、その言い方すっごい傷つく」

「だって、そうじゃない。っていうか、あんたがなんでトワと一緒にいるの」

ここに頻繁にやってきているヤクモはリリトとも顔見知りだ。どうやらヤクモはリリトを好きなようで会うたびに口説いているけれど、いつも袖にされている。今日もリリトは鬱陶しそうな口調で答えていた。

「それがさあ――」

トワが言いかけたところで、ヤクモがやっぱり真顔になって「とりあえず、入ってくれ」とリリトも家の中に引き入れる。いつもと雰囲気の違うヤクモにリリトも驚いているようで、目を見開いていた。

　リリトは中へ入ると、ヒュウゴが留守をしており、トワとヤクモしかいないのを見て眉をひそめる。

「ちょっと、トワ。あんたまさかヒュウゴがダメだからって、こいつに乗り換えたわけ？」

　リリトはトワの耳に口を寄せて、ひそひそと囁く。

「なに言ってんだよ。俺はヒュウゴ一筋。今日だって飛行機乗せてもらう約束してたんだけど、ヒュウゴってば急用があるからって約束破ってどっかに行っちゃった。で、なんかわかんないけど、ヤクモがヒュウゴが戻るまでここにいろ、って言うから」

　リリトに愚痴をこぼしでもしないとやっていられないとばかりに、トワはブツブツと文句を言った。

「でも、ヒュウゴってばお昼頃戻るって言ってたみたいなのに、まだ帰ってこないし」

「ふうん、そういうこと」

「そうだ。ヤクモ、さっきなんか俺に説明するって言ってたけど、あれってなに。ちゃんと説明してくんないなら、俺リリトと一緒に自分ち帰る」

　トワはヤクモに目を向けた。ヤクモはなんとなく渋い顔をしていたが、「わかった」とトワとリリトをテーブルにつかせる。

「話はちゃんとするけど、その前に昼飯食おうか。この分だとヒュウゴも帰るのがいつかわかんないしな——って、ここんちなんかあったかな。パンくらいはあんだろ」

言いながら、ヤクモは台所をごそごそとしだす。

確かにもう昼を過ぎていて、お腹はぺこぺこだ。ヒュウゴがいつも言っていた。腹が減っているとイライラするものだ、って。

ヤクモの言うとおり、ヒュウゴはいつ戻ってくるのかわからないのなら、空腹のままでいるより昼ご飯でも食べて待っていたほうがいい。

「ヤクモ、リリト、これ食べよう？」

ヒュウゴが帰ってくるまで待つのはかまわないが、せっかく作ったお弁当が無駄になるのも悲しい。朝早く起きて作ったものだ。

「ん？」

聞き返されて、トワはこっくりと頷いた。

「お弁当……今朝早起きして作ったんだけど」

トワは手にしていた弁当が入った手提げのかごをヤクモに見せる。

ヤクモは中を覗き込み、かごいっぱいのサンドイッチやクッキーを見て、ヒュウと口笛を吹いた。

「すっげえ！　おい、トワ、すっごいごちそうじゃん」
「そうだよ。本当はヒュウゴのために作ったんだもん。アルパリの虹の池で食べたかったなって。……でも無駄になるし、皆で食べよう」
「やった！」

ヤクモとリリトは大喜びでかごの中のサンドイッチを取り出した。

お茶を淹れ、三人でトワの作ったお弁当にかぶりつく。

ピピガのパンはやっぱり美味しい。どんな具を挟んでも、しっとりとした生地のパンがふんわりとその具を包んで旨味を閉じ込める。それをひと囓(かじ)りしたときの口の中といったら幸せなことこの上なかった。

やっぱりこのサンドイッチをヒュウゴに食べさせてあげたかったな、とトワが悔しく思っていると、お茶の入ったカップをテーブルに置いたヤクモが口を開いた。

「あのな、最近おまえのこと探ってるやつらがいるらしいって話なんだよ。だからさっき聞いたろ？　おまえの周りで変なことなかったか？　って」

そういえばそうだった。彼はトワに妙なことを聞いていた。

頷くとヤクモは「心当たりはないか」と訊ねた。トワは首を横に振る。

トワは生まれてまもなく教会に捨てられていた、と聞かされて育った。教会の門の前に、かごが置いてあり、毛布にくるまれたトワがそこにいたのだという。だから、心当たりがあるとすれば自分を捨てたひとたちくらい。けれど大人になる今の今までトワのもとには誰ひとり訪ねてきたこともなければ、手紙一通よこすわけでもない。だから天涯孤独だと信じてこれまで過ごしていた。

天涯孤独ではあったが、さみしいという記憶はまったくといっていいほどなく、それは孤児院の先生たちはじめ周りのひとたちに恵まれたおかげでもある。

教会の孤児院にはそういうトワのような子どもがたくさんいて、リリトもそのひとりであった。リリトはトワよりもほんの少し早く教会にやってきていたいわば先輩。年がほぼ同じとあって、リリトとは兄弟同然に育ち、なんでも二人でわかちあってきた。

孤児院にはこればかりはどうしようもないのかオメガが多く、リリトもトワ同様オメガだった。オメガという種はお荷物扱いにされてしまいがちだ。ことにアルファの家などで生まれたオメガは忌み子として捨てられることも多かった。

トワよりも美しい容姿のリリトは、その見た目を生かしてカフェで働いており、彼目当てに通ってくる客も大勢いるようだから、リリトの身辺を探る者があっても不思議ではないと思うが、トワはリリトのような心当たりはない。ヤクモに聞かれてもわからないとしか言えなかった。

「トワのこと探ってるって、それもしかしてトワのことが好きなひとがいるとか、そういうことだってあるんじゃないの？　好きなひとのことを知りたくなるのは当然だし。でもさ、トワにはいっつもヒュウゴが側（そば）にいるじゃん？　そうするとなかなか直接話すってのはハードル高いよねえ。ヒュウゴ本人にはその気がなくても傍（はた）から見たらまるっきりボディーガードみたいだし」

そこで話に挟まってきたのは、リリトだ。

リリトは恋多き男だからかなんでも恋愛に結びつけて考えてしまう。

「そりゃそうかもしれないけど、近頃はいろいろ物騒だからな。用心するに越したことはないだろう」

「まあ、そうだよね。ストーカーって可能性もあるから、気をつけたほうがいいかも」

ヤクモがしかめっ面をしているので、リリトも心配になったのか、真剣な口調になる。

「まさか」

「そのまさかがホントになることがあるんだって。そうじゃないことを願うけどさ。トワだって色気はないけど、結構イケてんだから、ストーカーとは言わないまでも意外とトワのこと狙（ねら）ってるやつは多いと思うけどな」

「色気はない、ってのはよけい……」

じろりとリリトを見ると、彼はあはは、と大きな笑い声を上げた。

「まあまあ、色気なんてなくても好き合っちゃえば関係ないし。あっ、トワのことを好きなひとがいるかも、って聞いたら、ヒュウゴは案外やきもちやいちゃうんじゃない？　トワのこと意識してくれるかも」

「してくれるかなあ」

「トワもさ、こう、ぐいぐい押せ押せじゃなくって、たまには思わせぶりなこと言ってみるとかさ、そういう駆け引きも必要だと思うけど」

いつの間にか、話題はトワの身辺の注意から恋愛指南へと変わっていった。

「駆け引きなんてトワには無理だって」

ヤクモが横から口出ししてくる。

「まだお子様だからねえ、トワは」

「もう！　ふたりして！　そういうリリトはどうなのさ。この前つき合ってたひと、アルファだって言ってたじゃない。つがいになれるかも、って報告の後、俺なんにも聞いてないんだけど」

「あー……あのひとね。あれ、ふられちゃった」

ふん、と鼻を鳴らしリリトは悔しそうに言う。

「え……そうだったの？　いい感じだったのに」

「それがさあ……オメガとつがいになることを親に反対されて、あげくにアルファと結婚するから、だって」

　あーあ、とリリトは大きく溜息をついた。

「……そっか……。残念だったね」

「気をつかわなくていいって。また別のひと探すし」

　リリトは理想のつがいを探している。かっこよくて地位があってお金持ちのアルファとつがいになりたいらしい。貧しい生活を強いられていたためか、贅沢な暮らしにリリトは憧れている。

　リリトは気はいいけれど、ちょっと貞操がゆるいところがある。さらに惚れっぽいたちで、すぐに誰かを好きになるのだ。相手もリリトの外見で惹かれてつき合い出すが、彼がオメガであることを知るなり、遊び相手としか思ってもらえなくなるらしい。そうしてさんざん遊ばれた後に、今回のようにいつもふられるのだった。

「リリト、だからいつも言ってるだろ。俺にしとけって」

　別のひとを探すと強がるリリトにヤクモが彼自身を指さしながら、そう言った。

「はあ？　なんでヤクモと俺がつき合わなくちゃなんないわけ」

「俺って結構イケてると思わない？」

「冗談。話になんないって。ヤクモはアルファになってから出直して。俺、アルファとしかつき合わない主義だって言ってんだろ」

リリトがヤクモに素っ気ないのには訳がある。ヤクモはベータなのだ。ベータはオメガとは結婚できるけれど、「つがい」にはなれない。一生、生きている限り消えることのない絆であるつがいはなにより強い繋がりとオメガである自分たちは考えていた。

リリトはアルファとつがいになることによって、孤児である過去を消し去りたいと考えている節がある。オメガであることをコンプレックスに思わない者は多分……いない。

トワも普段はそれほどオメガであることをあえて意識しないが、ときおりオメガである自分に嫌悪するときがある。

トワでさえそうなのだから、リリトはもっとコンプレックスを感じているだろう。

リリトは彼自身の容姿が優れていることや、また、優秀な成績を取っていたのに奨学生に選ばれず大学に行けなかったという過去がある。だからよけいにアルファとつがいになれない、すなわち対等ではないことにこだわってしまうのかもしれない。

「そこらのアルファより、俺のほうが絶対いいって。リリトにそこそこ贅沢させられるだけの金も持ってるけど？」

「ベータ野郎には用がないの。一昨日出直してきてね」

けんもほろろとばかりに袖にするリリトに、「ちぇっ」とヤクモは肩を竦める。けれど、そんな言い合いをふたりはどこか楽しんでいるようにもトワには見える。意外と気が合っているのかもしれない。

「なんかさ、ふたりとも実は結構仲いいよね？　お似合いだと思うけど。リリト、ヤクモとつき合っちゃえば？」

そう言うと、リリトはきっ、とトワを睨みつけた。

「なに言ってんの！　仲いいわけないだろ。それに俺はヤクモとはつき合わないし」

「トワが言ってくれてんだから、俺たちつき合おうぜ」

「冗談！　俺は絶対イケメン金持ちのアルファとつがいになるの！」

ぎゃあぎゃあと文句を言いながらもリリトはヤクモには心を許しているように思える。こんなふうに言い合える相手がいることがトワにはちょっぴり羨ましかった。

昼過ぎに戻るはずだったヒュウゴが帰ってきたのは、結局夕暮れが近い時刻になってからだった。

リリトは店があるからととっくに帰ってしまったし、ヤクモとふたりなにもせずにただ黙ってここにいるというのもそろそろ飽きてきた。お腹も空いてきたこともあって、夕飯でも作ろうかと台所に立ったときに、コンコンとノックの音がする。

「トワ、ヒュウゴが帰ってきたぞ」

その声を聞いて、トワは玄関まで飛んでいく。

「ヒュウゴ！」

ただいま、とドアを開けて姿を見せたヒュウゴにトワは飛びついた。

「どこ行ってたんだよ！　俺との約束破って」

頬をぷうっと膨らませてトワが文句を言う。

「……悪かったな。今度埋め合わせするから、許してくれ」

ヒュウゴはとても疲れているようで、無理やり笑顔を作っているようだった。そんな顔を見たらトワにはこれ以上責めることはできない。

「ヒュウゴ、疲れてんの？」

「少しな。……けど平気だ。たいしたことじゃない。それよりトワ、今日一日ここにいてもらってすまなかった。退屈じゃなかったか」

本当はさっきまで退屈の虫がうずうず騒いでいたのだが、疲れている彼にそんなことは言えない。ううん、と首を横に振ってできるだけ笑ってみせた。

「ヒュウゴ、コーヒー淹れたからこっちで休め」

すっかりヤクモはあのコーヒーを淹れる機械がお気に入りのようだ。手際よく機械を操作して、香り高い飲み物を用意していた。

「ああ、すまんな」

ふう、と珍しく大きな息をついてヒュウゴがゆっくりとテーブルに向かった。

本当にこんな彼を見るのは滅多にない。よく見ると、靴は泥だらけだし、服にも小さなほつれや綻(ほころ)びができている。手や腕にはいくつか傷があって、傷には乾いた血の跡がある。いったいどこへ行ってきたのだろうと思うほどだった。

トワは水差しと洗面器と救急箱を持ってくると、ヒュウゴの隣に腰かける。

「怪我してる。手出して」

じっと見つめながらヒュウゴに言う。

「大げさだな。こんな傷くらい怪我のうちに入らないぞ。舐めときゃ治る」

「ダメ、ばい菌が入るかもしれないだろ。いいからさっさと手を出してよ」

トワが強く言うと、ヒュウゴは小さく笑った。

「わかったわかった。そんな怖い顔するなって」

ヒュウゴはおとなしく怪我をしている手をトワへ差し出した。トワは水差しの水を怪我をしている手にざぶざぶとかけて、傷のところにある血を洗い流した。

「いてっ。ちょ、トワ、もっとやさしくしろって」

痛さに顔をしかめるヒュウゴにトワは「我慢して。怪我のうちに入んないって言ったのヒュウゴでしょ」と言い、濡れた傷口を清潔な布で拭った。

薬草の葉を当てて、包帯を巻く。傷は大きさのわりに案外深く、そして鋭い刃物のようなもので切られたように思えた。

「……喧嘩したの？」

「あー……まあ、そんなもんか。とんでもないのに絡まれてな」

「ヒュウゴがいくら強くても、無理しちゃダメだからね。……こんな怪我してきたら心配するじゃない」

「そうだな。気をつけるよ」

手当が終わると、トワは救急箱などを片づけ、それからヒュウゴとヤクモのほうへ振り向いた。

「ご飯、食べるでしょ」

「作ってくれるのか？」

「作るよ。疲れてるのに食事作りたくないでしょ。それにそろそろ俺もお腹空いてきたところだったし。ついで」

「そうか。じゃあ、頼む」

頼む、と言われてトワは張り切った。好きなひとのためにご飯を作れるのはとてもうれしい。今日はお弁当を食べてもらえなかったから、よけいに腕が鳴る。

「あっ」

しかし支度をはじめてすぐに足りない食材があることに気づいた。

自分の家にはあるから、取りに行けばいい。

「ちょっとうちに帰るね。すぐ戻るから」

トワはそう言って、ヒュウゴの家を飛び出した。

昨日分けてもらった大きなカブとチーズ、それを使っておいしいグラタンを作ろう。疲れているときには温かいものが一番の薬だ。

「トワ!」

背後でヒュウゴとヤクモの声がしていたが、そんなのはまったく気にもせず、大急ぎで駆けていく。

そのときだ。

「おまえがトワか」

トワの前に赤毛のイヌが立ち塞がる。目の上には大きな傷があり、屈強そうな男だ。ハイランダーだろうか。

訝しげに男を見ると、男は冷たい目をしたまま表情を変えず「返事をしろ」とトワに詰め寄った。その低いダミ声が怖くて、トワは震え上がる。

「トワかと聞いている」

男は今にもトワに襲いかからんばかりの鋭い目つきで睨み据えた。

仕方がなく頷くと、男はトワの腕を摑んで「一緒に来い」と引き寄せようとする。

「や……やだっ！　な、なんなんだよ！　いきなり！」

ようやく声を出せたトワは必死で「いやだ」と叫んだ。

「おとなしくしろ」

男はトワの口を手で塞ぐ。

「やっ、やめ……っ！」

大きな声を出そうとするが、手で塞がれてもごもごとくぐもった声にしかならない。

明らかにトワを連れ去ろうとしているのだ、とわかって、トワはぞっとした。

――最近おまえのこと探ってるやつらがいるらしい。

ヤクモがさっき言っていたことを思い出して、まさかと思っていたことが本当だったことにトワは思わず息を呑む。

あのときはリリトがストーカーかもしれない、と言っていたけれど、これはストーカーでもなんでもない。このハイランダーのような男だって初対面だ。今までこんな男見たことがない。

トワは自慢ではないけれど、記憶力には自信がある。

一度会ったひとはほんの少し見ただけでも覚えているのだ。だからこの男とは今まで会ったことも見たこともない、というのは確かである。

なのに、この男はトワのことを知っていた。そして連れ去ろうとしている。

トワを連れ去ったところでいったいどんなメリットがあるのか。たかが孤児の自分には連れ去る価値などないに等しいのに、とそんなことを思いながら、男の腕から逃れようとじたばたともがいていた。

「トワ！」

ヒュウゴとヤクモの声が聞こえて、トワはホッとする。

ちっ、と微(かす)かに舌打ちの音が聞こえ、男はトワを放すとあっという間に姿を消した。あまりに素早い動きでトワはただぼうっと見つめるだけしかできない。

「大丈夫か」

茫然としながら、走り去っていく男の背を見ていると、ヒュウゴに声をかけられた。

「おい、トワ」

声をかけても返事をしないのがよほど心配だったのか、ヒュウゴはトワの肩を揺さぶる。

「あ、ああ。ごめん……なんかびっくりして」

「無理ないさ。それより怪我はないか」

「うん。平気」

「そうか。それならいい。――トワ、今晩はうちに泊まれ」

いきなりのヒュウゴの提案に、トワは目をぱちくりとさせた。

「えっ、いいの？」

「ああ」

「一緒のベッドで寝てくれる？　ねえ、同じ布団に寝ていいの？」

トワは声を弾ませた。

「あのなあ……ベッドは別に決まってるだろうが。おまえは客間」

「ええー……」

呆れたヒュウゴの声に、トワはあからさまにがっかりとした声を出す。泊まれというからには、そういう意味で誘ってくれたのかとほんのちょっぴり期待したのだが、そうではなかったらしい。

「なにが、ええー、だ。今晩泊まれと言ったのは、またあんなやつが現れでもしたら、おまえひとりじゃ対処できないだろう？　だから念のため俺のところにいろ、ってそれだけだ。まったくおまえはなにを期待してるんだ」

「だって……。どうしたら俺はヒュウゴのつがいにしてもらえるのかなって」

「トワ。そのうちおまえにはきっとふさわしい相手が現れる。俺じゃなくても、もっといいやつがいるって」

「俺は……ヒュウゴが好きなのにそういうこと言うんだ」

「あまり困らせるな。そういうこと言ってると、ヤクモと一緒のベッドに寝てもらうぞ」

さすがに手を焼いたらしく、ヒュウゴは意地悪なことを言う。

「えっ、ヤクモも泊まるの」

「当たり前だ。こんな時間じゃ、もうアーラへ帰れないだろうが。船の最終も出ちまってるし、鉄道だと着くのは明日の朝だ。それにちょっと話もあるしな」

ヤクモと同じベッドと聞いて、慌てたのはトワのほうだ。

いくらヤクモがベータといっても、なにが起こるかわからない。大事な自分の貞操を奪われかねない事態だけは避けなくては。

「……それだけはやだ」

「だったら言うこと聞いてくれ」

いいな、と大きな手で頭を撫でられて、トワはしぶしぶ頷いた。

ヤクモという邪魔はいるが、それでもヒュウゴと一緒にいられるのはうれしい。こんなことはほとんどないことだから、満足すべきことなのかもしれない。

あれこれ欲張っても仕方がないことだ。

「……うん」

「いい子だ」

やっぱりいつまで経っても、自分は彼にとっては子どもなのかと思うと、トワはへこんでしまう。自分が恋愛対象にはならないと思い知らされるのはひどく辛かった。

しかしそれでも自分が彼のことを好きでいるのは自由だ。

せつない思いを抱えながら、トワはヒュウゴの言うとおりに彼の家の中へ再び入っていった。

ヒュウゴは疲れていた様子だったのに、ヤクモと遅くまで話し込んでいて、結局トワは彼らよりもかなり先に眠りに落ちた。

次の日の朝、あろうことか寝坊をしてしまった。早起きしようと思ったのに、ヒュウゴに起こされたのだ。

「おはよう……」

まだ半ば寝ぼけた頭でヒュウゴに朝の挨拶をすると、昨日の疲れもどこへやらといったように、いつもの彼らしく「おはよう」と笑顔を見せた。

「ごめん……寝坊して。今朝は俺が朝ご飯作ろうと思ってたのに」

「いいさ。昨日いろんなことがあって疲れたんだろう。無理もない」

パン屋の仕事で体力には自信があったが、昨日は体力とは別の精神的なところでよけいな気を遣ったせいか妙な疲れ方をしたらしい。ゆうべはベッドに入るなり睡魔に襲われた。

「ヤクモは？」

「ああ。朝一番の定期船で帰ったよ。トワによろしくだとさ」

ヒュウゴはオートミールの粥を器によそい、テーブルの上に置く。テーブルの上にはヨーグルトとコケモモのジャム、そして熱いお茶もあった。

「そっか。もう帰っちゃったのか」

「ん？　なんか用でもあったのか？」

「ううん。別に。ただ、昨日のこととか全然教えてくれなかったし。ヒュウゴとずっと話していて、あとで言うから、って言ってたこと結局言わなかったなと思って」

ちょっと嫌みっぽい言い方になったな、と思いその後は口を噤んだ。

でもヒュウゴもヤクモもトワにはあれからなにも説明してくれない。トワだけが蚊帳の外に置かれているみたいで、なんだか身の置き所がなかった。

「……悪い。もう少ししたらちゃんと説明してやるから」

「いいよ別に」

ややふて腐れてた口調になった。こういう自分はすごく嫌だな、とトワは思い反省する。どう謝ろうと考えていると、先に口を開いたのはヒュウゴだった。

「トワ、メシ食ったら、あっちの作業台に置いてるもの持ってこい」

彼はいつも作業している大きな作業台へ向かって顎をしゃくった。いつもは彼が使っている工具やなんかがあちこち煩雑に置かれているが、今日の作業台ときたらとてもきれいだ。その上になにかがのっているのは見えるが、ここからではなにかはわからない。

さっさと食事をすませると、ヒュウゴの言いつけどおり作業台へ足を向けた。

「？」

作業台の上には、妙ちきりんな形の金属の塊がのっていた。

銃、のような気もするが、銃にしては銃身が円筒型ではなく角張っていて丸い穴も開いていない。すなわち弾丸が通るような構造ではなかった。銃なら弾丸が通る穴があるはずだが、穴はあるもののそれはあまりにも小さくて、弾丸など通りそうになく、たとえばごく細いものしか通りそうにない。しかもその小さな穴は二つあって、弾丸の代わりとばかりに、そこには針のようなものが刺さっていた。

「これ、なに？」

「ああ。こいつは電気銃だ。テーザーガンっていってな。ここから——」

ひょいとトワから銃を取り上げて、不思議に思っていた二つの小さな穴に刺さっている針を指さす。

「引き金を引くとな、ここから針が出て、相手に刺さったり触れたりするんだ。すると同時にこの針を繋いでいる糸に電気が通って、相手は感電する、って仕掛けだ」

「感電!?」

感電した、というネズミを一度見たことがある。

なんでも電気を使った機械の、その電気がたんまりと通っている部品に触ったのだろう、ということで、ネズミは真っ黒に焦げていた。

トワはぶるりと震え上がる。

そんなものを持っていて、自分もあのネズミのように真っ黒に焦げてしまいやしないかとか、相手を真っ黒に焦がしてしまわないかとか、頭の中に思い浮かべてしまっていた。おそらくヒュウゴはそんなトワの想像をわかってしまったのか、くくっ、とおかしそうに笑った。

「そんなにびびるな。こいつは電気銃っつっても、たいした威力はないさ。せいぜい、ビリビリッってきて、一瞬動けなくなるくらいなもんだ。それにほら、ちょっと見てみろ」

トワは覗き込む。

ヒュウゴは銃のグリップのところをトワに掴ませると、「どうだ」と言った。

「どうだ、って？　なにが？」

「ここ、ゴムを巻いてんだがわかるか？」

確かにグリップには厚いゴムが巻かれていた。ぴったりと肌に吸いつく感覚があって、グリップを掴んでも滑りにくい。

「うん」

「このゴムってのは、電気を通さないんだ。だから、トワがこの銃を持って撃ってもトワには電気は流れない。それに電気が流れているのはこの引き金を引いている間だけだ。引き金を離しちまえば電気は止まる」

使い方を説明されてもなかなかピンとこない。

何度も首を傾げるトワにヒュウゴも苦笑いをしていた。

「とにかくこいつを持ってろ」

押しつけられるが、どうしていいのか。

こんな物騒なもの、持っていろと言われる理由がわからなかった。

不安そうにヒュウゴを見上げると、くしゃっ、と髪の毛をかき混ぜられる。

「昨日みたいな目に遭ったときに使えるだろう？　相手の動きが止まったらしめたもんだ。その隙に逃げられるだろうが。お守り代わりに身につけておけ」

トワははっとした。そうか、だから。

昨日、突然襲われたときに自分はなにもできなかった。ヒュウゴたちが来てくれなかったら、あのままどこかに連れ去られた可能性が高い。

だが、ヒュウゴだって四六時中トワの側にいられるわけはなかった。

それこそ昨日のようにヒュウゴは仕事などで出かけることがよくあるのだから。そういったときになにかあったら、と彼は考えたのかもしれない。

「わかったか？」

ようやく納得してトワはうん、と頷いた。

「昨日の今日で、不埒な輩は姿を見せないとは思うが用心はしとくんだぞ。いくらおまえの家がピピガんとこのすぐ裏でも、ろくでもないやつはどこにでもやってくる」

くどくどとしつこいくらいに念押しされて、トワはほんの少しうんざりした気分になりかけたが、それもこれもトワのことを思ってのことだ。顔を上げてヒュウゴを見ると彼は真剣な顔をしてトワを見つめていた。

「ああ、悪いな。もうこんな時間になっちまった。仕事に遅れるぞ」

「うん、行ってきます」

「なにかあったら大声出せよ」

「わかってるってば」

もらったテーザーガンを懐に入れ、ヒュウゴの家を出て、トワはピピガの店に向かった。外に出るときょろきょろとあたりを窺い、昨日のような男がいないかどうか確かめると、ふう、と小さく安堵の息をつく。

懐に入れた、金属の塊を服の上からそっと手のひらで撫でる。

ごつごつして硬くて怖いものだ。

けれどこれがトワを守ってくれるかもしれない。これがヒュウゴの代わりだと思えば、いくらか親近感が湧いた。ここにヒュウゴがいてくれる。

「ピピガ、おはよう」

今日も仕事はたくさんある。

トワは元気よく、ピピガの店のドアを開けたのだった。


「ヒュウゴ、いる?」

仕事が終わった後、トワはヒュウゴの家を訪ねた。

昨日からの礼をしたくて……というのは口実で、ただ彼に会いたいだけなのだが。

それでも一応、お礼の品の干し肉を手にしてやってきたのだった。

だがドアをノックしても、返事はない。ドンドン、と強く叩いたが、やはり留守にしているのか、もしくは部屋の中で眠っているのか、うんともすんとも言わない。

「エレアンの店かな」

ヒュウゴはときどき街の酒場に出かけることがある。もともと酒が好きなヒュウゴは旨い酒を飲ませてくれる店で週に一、二度心ゆくまで飲むのだ。

ゆうべはかなり疲れていたようだったから、憂さ晴らしにでも好きな酒を飲みに行ったのかもしれない。

「あっ」

エレアンの店、というと、トワには最近少し気になることがあった。

ひと月ほど前くらいから、エレアンの店に新しい子が入って働きだしたようなのだが、その子がかなりの人気者らしい。ここいらでも獣人とのミックスである、いわゆる亜人は珍しいのだが、なんでもその青年はウサギ属とのミックスで、しかも鄙（ひな）にはまれな美人だという。雪のように真っ白い肌と魅惑的な赤い瞳がコケティッシュだと評判のようだ。

パン屋の常連の客が「いやあ、クロエが来てから酒が旨くてねえ」と、鼻の下を伸ばしながらデレデレとしていたくらいである。

ヒュウゴもそのクロエという青年がエレアンの店で働きはじめてから、足繁（あししげ）く通っているような気がする。もしかして、ヒュウゴも彼目当てに酒を飲みに行っているのだろうか。

「…………」

トワの気分が一気に沈む。

ヒュウゴがクロエのことを好きなんだとしたら、トワのことを頑（かたく）なに恋人にしてくれないのも納得がいく。

「クロエかあ……」

トワはまだクロエというひとに会ったことがない。どれだけ魅力的なひとなのか、見たことがないからトワにはピンとこなかった。

「エレアンの店に行ってみようかな」

クロエを一目見てみたいと、ふとそんなことを考えたが、昨日の今日だ。

エレアンの店はコルヌでも随分賑(にぎ)やかな界隈(かいわい)、要するに歓楽街というエリアにある。ただでさえ昨日トワは妙な男に襲われたばかりだというのに、そういう柄の悪い連中が集まりやすい場所に行けば、またヒュウゴに迷惑をかけることになりかねない。

とはいっても、いったんクロエのことが気になると、それればかりでトワの頭の中がいっぱいになる。こんなことなら、さっさと行ってみるんだった、とトワはさらに落ち込んだ。

「はあ……もう、やだ」

半ばやけっぱちな気持ちで顔を上げ、自分の家に戻ろうと踵(きびす)を返したとき、少し遠くのほうに見慣れた姿形の人影を見つけた。夕日が逆光になって顔がはっきり見えないものの、ヒュウゴだ、と確信する。そしてその隣にはもうひとり別の人影があった。

「誰だろ……？」

トワは首を傾げる。

よくよく目をこらすと、長い耳とおぼしきシルエット。もしかして、とトワの心臓がドキン、と鳴った。

（え、どうして？）

トワの心臓は次第に大きく速く音を鳴らしだす。

そうしてじいっと見つめていると、二つの人影はこちらに近づいてきた。

はっきり見えたのは彼らが本当に近くまでやってきたときだ。

ヒュウゴの隣にはウサギの耳を持った青年。

きっと彼がクロエなのだろう。……評判どおりのとても美しい青年で、しかもミステリアスな雰囲気が独特な華やかなひと。真っ白な肌は陶器のように滑らかだし、ふわふわとした尻尾にピンと立った耳もとてもキュートだ。それにあのルビーのような赤い瞳。あんな目で見つめられたらきっとひとたまりもない。トワから見ても思わず見とれてしまうほどだった。

（きれいだし……色っぽいし……大人っぽいっていうか……）

トワは思わず自分の体をじっと見た。

（それに比べて俺って……やっぱり子どもかも）

色気がない、と昨日ヤクモにも言われた。

あのときはさほど気にもしなかったが、クロエを見てしまうと、自分とのあまりの差に愕然(がくぜん)としてしまう。やっぱりヒュウゴも恋人にするならクロエのほうがいいと思うに決まっている。

確かにクロエと比べるとトワを抱こうだなんて……つがいになろうだなんて思わない。いつもヒュウゴに「抱いて」とねだっていたけれど、なにも知らずにそんなことを言っていた自分が急に恥ずかしくなった。

「おう、トワ、なんか用か？」

ヒュウゴの家の前に突っ立っているトワを認めて声をかけてくる。

「え!?　あ、ああ……あの、えっと……」

ぼうっと見とれていたところにいきなり声をかけられて、トワは狼狽(うろた)えた。ずっとヒュウゴは自分だけのもの、と思っていたのに、その自信のようなものがすっかり打ち砕かれてしまって、トワはヒュウゴにどんなふうに接していいのかわからなくなってしまった。

「トワ？」

「あ……んと、昨日のお礼。……これ、食べて」

トワは無理やり笑顔を作って、手に持っていた紙袋をヒュウゴに差し出した。紙袋の中には上等の干し肉が入っている。これは彼の好物だ。本当は生肉のほうがいいのだけれど、あいにく今日はいい肉が買えなかった。

「おいおい。他人行儀だな。こんなのいいって」

ヒュウゴが受け取ろうとしないのを、トワはぐいぐいと押しつける。

「ううん、いいから受け取って。その……ふたりで食べて」

できるだけヒュウゴの顔を見ないようにしてトワはヒュウゴの手にそれを押しやった。

押しやってからウサギの性質を持った彼には肉は食べられないかも、と思ったが、そんなことすら気遣える余裕がない。

「ん？　なんだなんだ。今日はなんなんだ？」

怪訝そうな顔でヒュウゴは首を捻る。

すると、ヒュウゴの隣からクスクスと笑い声が聞こえた。

その声にトワが顔を上げると、クロエが可愛らしく笑っている。

「ああ、ごめんね。笑っちゃって。そんなつもりはなかったんだけど、きみがあんまり可愛くて」

ふふ、と笑いながらクロエがトワの前に足を進めた。そうしてくるっとヒュウゴへ顔を向けると、「ホント、ヒュウゴってば鈍感だね」と呆れたような声を出す。

彼はトワへ向き直り、「はじめまして、クロエです」と握手を求めるように手を出した。

「あ……あの……トワです。はじめまして」

つられるようにトワも手を差し出すと、クロエはぎゅっとトワの手を握る。

「俺ね、知ってるかもしれないけどエレアンの店にいるんだ。きみの話は店でいつもヒュウゴから聞いてるよ。彼から聞いていたとおり、すごく可愛い」

「え？」

トワはきょとんとした顔になった。

ヒュウゴが自分の話を？　クロエに？

思わずヒュウゴへ目を向けると、彼は「クロエ！」と声を上げていた。さらになんだか少し恥ずかしそうな顔になっている。

「いいじゃない、別に。——ああ、ごめんね。きっとトワは誤解してると思うんだけど、今日俺がヒュウゴと一緒にここに来たのは、薬を分けてもらおうと思っただけ。実はちょっと風邪（かぜ）気味でね。いい薬があるって言うから」

「あの、俺……誤解なんて」

「うそうそ。トワってば、俺たちが来たとき、泣きそうな顔していたでしょ。俺はヒュウゴとはなにも関係ないからね。それにあの紙袋、なにが入っているのか知らないけど、それはトワがヒュウゴと一緒に食べるといいよ。俺は薬もらったらさっさと帰るから」

クロエはトワの気持ちなどお見通しとばかりに、ふふっ、と意味ありげに笑った。そして再びヒュウゴのほうへ顔を振り向ける。

「あんたがヘタレだから、トワが妙な誤解するんだろ？　もうちょっとこの子の気持ちも考えてやりなよ。――早く薬ちょうだい」

ぴしゃりと咎めるように言いながら、クロエはヒュウゴを睨みつけた。

「おい、クロエ。どういうことだ、それは」

ヒュウゴが言うのをまるで聞いていないとばかりに、クロエはふん、と鼻を鳴らしてそっぽを向くと、打って変わってトワへにっこりと極上の笑顔を見せる。

「いい？　トワ。こんな野暮な男のためにそんな顔しちゃダメだよ。トワはこんなに可愛いんだから、もっと自信を持って」

クロエがトワの側に寄ってくる。彼の手がトワの頬にそっと触れた。

ふわりといい匂いがしてくる。

「今度はヒュウゴとうちの店に来てね。待ってるから」

彼はそう言うと、ヒュウゴから薬を受け取るなり「じゃあね」と手を振ってさっさと帰ってしまった。

トワは彼の背が小さくなっていくのをぼんやり見つめる。

クロエに会って、改めてトワは気持ちが沈む。みんなが夢中になるのは当然だ。確かに彼に会いにエレアンの店に通いたくなってしまう。

「なにぼんやりしてるんだ」

声をかけられたが、トワはまだ心ここにあらずといったように返事もしないでぼんやりその場に立ち尽くしている。

「トワ？」

「……ヒュウゴ、クロエさんってすっごく素敵なひとだね」

「へ？」

「ううん、なんでもない」

きょとんとしているヒュウゴに笑いかけて、トワは「またね」と言い置いて踵を返す。

「俺、もっと頑張るね」

ヒュウゴに聞こえないように小さな声でそう呟く。彼に好かれるためにもっと努力しなくちゃ、そう思いながら。

「えっ」

トワはその話を聞いて、大きな目をさらに大きく見開いた。そしてその目からは今にも涙がこぼれそうになっている。

「だからさ、クロエがいなくなっちまったんだよ」

エレアンの店の常連がパン屋に来てぼやいていた。

クロエとは数日前に顔を合わせた。あの日彼はトワに、「今度はヒュウゴとうちの店に来てね。待ってるから」と言っていた。

あのときは姿を消す素振りなんかまるでなかった。それなのにいきなりいなくなるなんて、どういうことだろう。

だが話はクロエが失踪したというだけにとどまらなかった。

「ゆうべのアーラ行きの最終列車にクロエとヒュウゴが一緒に乗ってるのを見たもんがいてな。ありゃ駆け落ちだな」

駆け落ち。その言葉はトワを叩きのめすのに十分だった。

クロエは確かに、彼とヒュウゴはなにも関係ない、そう言い切っていた。

――俺はヒュウゴとはなにも関係ないからね。

誤解だとそうも言っていたのに、あれは嘘だったのだろうか。

「嘘つき……」

ぼろりと口から言葉がこぼれる。

「ん？　なんか言ったか？」

常連の客に聞き返されて、トワは「ううん、なんでもない。こっちのこと」と慌てて取り繕った。

そして客の言うことがあまりに信じられなくて、昼休みにヒュウゴの家を訪ねてみる。

きっとあの客はでまかせを言っているだけだ。そう信じたかった。しかし――。

「ヒュウゴ！」

ドンドン、と強くドアを叩いてみたが、まるっきり反応がない。裏手に回ってみたが、雨戸も閉められていて、留守にしているとはっきり言われているようだった。

「なんだよ……」

トワはがっくりして肩を落とす。あの常連客の言っていたことの信憑性が格段に増す。

「クロエの嘘つき。思わせぶりなことばっかり言って……。本当はつき合ってたんじゃないか。ヒュウゴもヒュウゴだよ。クロエと恋人同士ならはっきり言ってくれればよかったのに……。そしたら俺……さっさと諦めたのに……」

ふたりで一緒に列車に乗ってどこへ行ってしまったのか。

トワにはなにも言わずに黙って去ってしまうなんて、ひどい。ひどすぎる。

しょんぼりとしながらトワは仕事に戻ったが、それから後は仕事が手につかなかった。

ピピガにも体調が悪いのか、と心配されたくらい、うっかりオーブンに入れていた天板を素手で掴みそうになったり、粉を間違えそうになったり……心ここにあらずといったようにまるで使いものにならなかった。

仕事が終わっても、食欲がなく、食べ物が喉を通ってくれない。

なにもしたくなくて、ベッドに入り、布団をかぶってそのまま眠ろうとしたけれど、頭の中はヒュウゴとクロエが仲よくイチャイチャしている妄想でいっぱいになって、一睡もできなかった。

次の日も、その次の日もヒュウゴは帰ってこなかった。

そして三日後のことだ。

相変わらずぼんやりしながら椅子(いす)に座って店番をしていると、カラン、とドアベルが鳴って店のドアが開いた。トワはのろのろと顔を上げ——入ってきたひとを見て大きな声を上げた。

「ヒュウゴ！」

慌てて立ち上がったせいで、椅子を勢いよく蹴倒(けたお)してしまい、跳ね返った椅子に足にぶつけてしまう。

「いたっ」

あまりの痛さに顔をしかめ、ぴょんぴょんとその場で飛び跳ねた。

「なにやってんだ、おまえ」

呆れたような声が聞こえる。

「なっ、なにやってんだ、じゃないじゃない！　そっちこそなにやってんだよ……っ！」

トワはヒュウゴをぎろりときつく睨みつけた。

どうして黙っていなくなったんだとか、クロエはとか、聞きたいことが山ほどあるけれど、胸がつかえてうまく言葉にならない。なにから聞けばいいのか、頭の中がとっちらかって、全然喋れなかった。

「そっちこそ、って、なんのことだ？」

きょとんとしながら、ヒュウゴが聞き返す。

まったくひとの気も知らないで、とトワはイライラが募る。

「すっとぼけないでよ！　クロエと駆け落ちしたって、もっぱらの噂だよ！」

大声で怒鳴るように言うと、ヒュウゴは目をぱちくりとさせていた。

「は？」

「なに、そのとぼけ方！　駆け落ちしたんでしょ!?」

トワはヒュウゴに詰め寄る。だが当のヒュウゴときたら、腕を組んで首を捻っている。

「いや……悪い。話が見えないんだが」

「はあ？　ヒュウゴ、三日前のアーラ行き最終列車でクロエと一緒にどっかに行ったって！　見たひとがいるんだから！　しらを切っても無駄だからね。さっさと白状しなよ」

「俺が？　クロエと？」

「そう！　はっきり言って！　クロエと一緒にいたんでしょ」

トワは鼻息荒くヒュウゴを追及する。

が、彼はうーん、と腕を組んだまま、なにかを考えていた。そうして、ややしばらく考え込んでいたが、いきなり「あっ」と声を上げた。

「クロエには他に連れがいてな。俺は次の駅で降りたがあいつはその先まで行ったかもしれん。どこまで行ったかは知らないが。……じゃあ、まだ帰ってきてないってことか」

「……店には出てきてないみたい」

「そうか。心配だな」

ヒュウゴはひとごとのように言う。こんなふうに言うということは本当にクロエと一緒ではなかったということなのか。

心の片隅では、ほんのちょっぴり疑う気持ちがないわけではないが、正直なところヒュウゴにはっきり否定してもらって、よかったと安堵していた。

ヒュウゴとクロエはやっぱりなんの関係もなかった、恋人じゃなかった、それだけで気持ちが軽くなる。

けれど、だとしたらクロエはどこに……？

「心配って……。クロエには他に連れがいたって、それ誰？」

「いや、俺は知らないやつだったな。あいつのいいひとじゃないのか？」

思っていた反応と違って、トワは拍子抜けした。それではクロエはどこに行ってしまったのか。

「……話は変わるけど、ヒュウゴはなんで黙ってどっか行ってたわけ。なにしに行ってたの。俺だって……心配したんだから」

トワがじろりと見ながら聞くと、彼は申し訳なさそうな顔をした。

「あー……ごめんな。急に呼ばれてな。ラウにいつも俺が薬草を分けてもらうやつがいるって言ったろ。そいつのところにある薬草を乾かすでっかい機械が動かなくなっちまったっていうんで、その修理に出かけてたんだ。夜だったし、それに修理もすぐ終わるだろうと踏んで行ったんだが……全然終わらなくて参った。よけいな心配かけて悪かった」

「……いいけど」

隣町のララウにいる薬師の話は聞いたことがある。

ヒュウゴは医学もかじっているから、彼の家にはたくさんの薬があるのだが、薬草をラウにいる昔の知り合いである薬師に分けてもらっているということだった。なんでも軍にいたときの知り合いで、腕がいい薬師らしく、上等の薬草が手に入るのだという。

「そんなに膨れるなって。ほら、土産買ってきた。こいつで機嫌を直してくれよ。おまえ、これ好きだったよな」

ヒュウゴはトワに土産だという紙袋を手渡した。中からは香ばしい匂いがしている。

「……そんなんで騙（だま）されないし」

言いながら、トワは紙袋を開けた。

中には木の実がゴロゴロ入った、サクサクの焼き菓子。この木の実は隣町のララウの名産だ。香ばしくて、カリッと噛むとほんのり甘くて、いくらでも食べられてしまう。しかしあまり収穫できないということで、ララウでしかこの焼き菓子が買えない。

だからあまり頻繁には食べられないものの、トワの大好物だった。

「うわっ、こんなにたくさん！」

現金なもので、あれだけ心配したのに土産の菓子で帳消しになってしまった。

とはいえ、すぐに機嫌を直すというのもそれはそれでどうかと思う。お菓子で機嫌が直ると思われても困るのだ。

トワは緩みかけた顔をきゅっと引き締め、「ありがとう」とすました顔で礼を言う。

内心では紙袋の中の焼き菓子も気になっているものの、クロエの行方も気になってしまう。彼はどこに行ってしまったのだろう。

「とにかく悪かった。あとでみんなには説明しておくから」

ヒュウゴはそう言って、店を出て行った。

ドアがパタン、と閉まった後、トワは、ほうっ、と息をつきながら、一気に力が抜けたようにすとん、と落ちるように椅子に座る。

「……よかった……ヒュウゴ、クロエとつき合ってたんじゃなかった……」

このところずっと気もそぞろだった原因が解消されて、それからまだ自分にも可能性があるとわかり、トワの頬が緩んだ。

後からピピガに聞いたところによると、ヒュウゴはその後、町のみんなに事情を説明したのだが、「あんなこと言ってるけど、本当はクロエにふられてひとりですごすご帰ってきたんだぜ」と妙に同情されているらしい。

クロエがこの町から消えたのも、もともと彼は気まぐれなところがあったことと、またコルヌにもふらっといきなりやってきて住み着いたようなので、消えたのはあまり不思議には思われず、町のみんなの間でもそういうひとだったんだ、という結論になったらしい。

そうなると町のひとたちはトワに「おまえが慰めてやれよ」とけしかけてきた。勝手なことを言って、と思うが、町のひとたちの言うように今がチャンスかも、と再び気持ちが前向きになる。

そうしてトワは今日もせっせとヒュウゴのために夕食の支度をするのだった。


クロエとヒュウゴの逃避行疑惑はあったものの、ここしばらくは以前のような怖い思いをすることもなく、穏やかな日が続いていた。

それにそろそろ三名峰の観光シーズンとあって、観光客が増えだしている。

今日などは団体での旅行者があちこちから訪れていて、ピピガの店も大盛況でてんてこ舞いだ。

「あら、こちらのパン、とても美味しそうだわ」

上流階級のマダムとおぼしき女性とそのご友人といったご一行が、マヤム観光の前に昼食を調達するためにパンを物色している。

マヤムには大きな花畑があって、そこは有数の観光名所だ。

絨毯(じゅうたん)のようにびっしりと色とりどりの花々が咲いている様は圧巻で、トワも何度か行ったことがあるけれどそれはとても美しい場所だった。木々の新緑と赤や黄色の鮮やかな色彩が描かれている風景はまるで絵画のよう。そこに立っているだけで絵の中にいる感覚が味わえるとあってきれいなものが好きな女性なら特に喜ぶだろう。

「本当ね。ねえねえ、あなたこちらのタマゴサンドとこちらのハムサンド、サンドイッチはどちらがお好みかしら？　どちらも美味しそうで決めがたいのよ」

「いっそ両方召し上がってみたらよろしいのよ。どうせ歩いているうちにお腹はぺこぺこになるでしょうし」

「それはいい考えね。そうしましょう。あら、あなたはそのお砂糖のたっぷりかかったパンになさるの？　そういえばあなたお医者様にお砂糖は控えるように、って言われていませんでした？　そんなにたっぷりのお砂糖を召し上がって大丈夫？」

「夕飯のときに制限すればいいのよ。そうしようって、今決めたわ」

てんでに勝手なことを言って笑い合っている。が、とても楽しそうだ。

女性三人とツアーガイドの男性ひとりでは、女性たちの機関銃のようなお喋りにガイドの男性はたじたじで、女性たちの後ろで苦笑いをひたすら浮かべていた。

「はい、ではこちらになりますね」

トワは彼女たちのお弁当になるだろう——いや、もしかしたら昼までに食べきってしまうかもしれないが――パンを包んで手渡した。

「まあまあ、あなた、とても可愛らしいお顔しているのね」

マダムのひとりがトワを見てにこにこと微笑(ほほえ)む。

「ありがとうございます」

「それだけ可愛らしいと、不届き者に声もかけられかねないわね」

トワが曖昧にごまかしながら笑っていると、別の女性が「そうそう」と話に割り込んできた。

「不届き者、といえば……そういえばわたくしさっきお宿の食堂で小耳に挟んだのですけどね、隣町のラウでオメガがさらわれているんですってよ」

オメガと聞いて、トワはどきりとした。

トワのことを知らないマダムたちは、「あら、まあ」と驚いた声を上げている。

「オメガがさらわれている、ってオメガだけなの？」

「そうみたいなの。オメガだけ狙った誘拐事件らしいのよ」

「まあ、それは物騒ね。オメガだけが誘拐されるというのもいやらしいわ。わたくし、ほら、教会のお手伝いに行っているでしょう？　そこでオメガの子たちとたくさん接するのだけれど、みんなとてもいい子なのよ。そういう子たちを狙っているってことよね。許せないわ」

女性のひとりは篤志家のようで、ああだこうだと熱弁をふるっている。

トワは女性の話はまるで耳に入ってこなかったが、オメガだけが誘拐されている、という話を聞いてとてもひとごとではないような気がしていた。

数日前トワの身に起こった出来事は、どこか無関係ではないように思えたからだ。

あの後ヒュウゴから渡されたテーザーガンは毎日身につけていて、懐にあることにすっかり慣れてはいたものの、改めてぎくりとさせられた。

もしかしたらこれを使う日が来るかもしれない。

どうしよう、とトワは胸元のごつごつした塊にそっと手を触れさせた。

マダムたちが店を出て行った後、ピピガがひょいと顔を覗かせた。

「トワ、今の話」

ピピガもマダムたちの話を聞いていたらしい。というか、聞こえていたのだろう。彼女たちの声は存外に大きかったから、奥に引っ込んでいた彼の耳にも届いたようだ。

「ん？　なに？」

トワはすっとぼけてみせた。

「オメガがさらわれてる、って話さ。どうやら本当みたいなんだが。昨日、粉屋がおんなじ話をララウで聞いてきたんだよ。それにね……」

それにね、とピピガは口にしておきながら、なかなか続きを話さない。

なにか口にするのを迷っているようにトワには見えた。

「どうしたの、ピピガ」

訊ねるとようやくピピガは言いにくそうにもそもそと口を動かす。羊の悪い癖だ。肝心のことはなかなか言いださない。のんびりしているのと、臆病なのと、どっちの気質もあいまって、大事なことを話すまでが長いのだ。

「いや、それがね」

やっぱりそこからが長い。トワは半ば諦めつつ、ピピガが本題に入るまで我慢して待つことにした。

やっと大事なことを口にしたのはそれからしばらくしてからだ。

「実は、ララウで……ヒュウゴの姿を見たって。粉屋が」

「ヒュウゴが？　この前もララウに行ったじゃない？　薬師のところの機械を直しに」

この前もヒュウゴはララウに出かけた。例のクロエがいなくなったときの話だ。だが、その話はみんなも知っていることだろうに。いまさら、とトワは首を傾げる。

「そのときだけじゃないんだ、トワ」

「別におかしい話じゃないだろ。機械もまた故障しちゃったのかもしれないし」

「あのとき行方不明になったクロエは、オメガだったんだよ」

ピピガの言葉にトワは面食らった。

クロエがオメガだったなんて初耳だ。

「え……そうなの。そりゃあ……あんだけきれいなら、アルファかオメガかなってちょっとは思ったけど」

「それに……ヒュウゴがこの前、町はずれの……街道の入り口のところで胡散臭いやつとひそひそと話をしているのを見かけたひとがいてね、ヒュウゴに声をかけたら、その話をしていた相手が逃げるように立ち去っていって……あやしいって」

「あやしい、って。なにそれ。え、それって、ピピガはヒュウゴがそのオメガの誘拐にかかわってるって言いたいわけ？　ねえ？」

トワの語気が荒くなる。

ピピガの話し方はいかにもヒュウゴが噂になっているオメガの誘拐にかかわっている、というようにも聞こえる。いつもヒュウゴに世話になっているのに、とトワは憤慨した。

「そ、そういうことじゃないけど、そうやってみんなが噂してるってことをね」

手を横に振って違うと否定したが、ただの言い訳にしか思えない。

けれど、ピピガまでこんなふうに言うということは、他のひとたちはヒュウゴへもっと不信感を抱いているのかもしれない。

嫌だな、とトワは胸の中にもやもやしたものを感じながら、さらにこれだけで終わらないような、もっと嫌な予感も同時に覚えた。


その予感が的中したのは次の日のことだ。

トワがいつものようにパンを配達に行った先の食堂で、そこの主人にこんなことを言われた。

「トワ、あんたヒュウゴと仲がいいようだけど、大丈夫なのか？」

「大丈夫ってなにが？」

「だって、ヒュウゴはオメガを誘拐してはどっかに売り飛ばすってもっぱらの噂だろうが。おまえはオメガなんだから気をつけないと」

なんの証拠もないのに無責任なことを言って、とトワは激高した。

「ヒュウゴはそんなひとじゃない！　それにヒュウゴがそんなひとだったら、一番はじめに俺がさらわれてるはずだろ！　変なこと言わないでよ」

「そんなのわかんねえだろうが。敵を騙すにはまず味方から、って言うじゃねえか。トワを油断させといて、ある日……ってこともあるかもしれねえしな」

すっかりヒュウゴを犯人扱いする主人をトワは怒りに震えながら見据える。

「とにかく！　ヒュウゴは違うから！　絶対違う！」

ヒュウゴを庇（かば）いながら、トワは自分がなにもできないことが悔しくなる。トワがひとり否定して、みんなを説得したところで、どうにもならない。噂はとっくに町中に広まっているというし、トワの言うことなどきっと誰も耳を貸してくれない。ヒュウゴのことをよく知るピピガだって疑っているのだ。他のひとたちならもっとひどいだろう。

トワは配達を終えると、とぼとぼと足取り重く歩きはじめた。

悔しくて悔しくてたまらない。

「なんだよ、もう……ヒュウゴは違うんだから。……絶対違うのに」

俯（うつむ）いて瞼（まぶた）をぎゅっと閉じると、涙の粒がぼろりとこぼれた。

手の甲でぐいと涙を拭うけれど、次から次に涙が溢（あふ）れてくる。

どうしたら誤解を解いてもらえるのかわからず、トワは途方に暮れながら、なんとか涙をこらえていた。

そこに、ポン、と背後から肩を叩かれる。

トワはびくっ、と体を震わせ、思わず上着の胸ポケットに手をやった。またこの前のように誰かが自分を連れ去ろうとしているのか。だとしたら、ヒュウゴからもらったこの銃でやっつけてしまえば、ヒュウゴへの誤解を解くいいチャンスになる。

えい、と気合いを入れて振り向くと、そこにはリリトがいた。

「……なんだ……リリトか……」

一気に緊張が解け、はあ、と大きな息をつく。緊張しきった力がいきなり抜けて、体がよろめいた。

「わっ、ちょ、ちょっとトワ」

よいしょ、とリリトはよろけたトワの体を支える。

トワは体勢を整え、胸ポケットにやった手を戻すと「ごめん」と苦笑いした。

「なんだよ、それ。それになんだ、ってなに。俺のこと誰だと思ったわけ？」

「ごめんって。この前からいろいろあって」

あれからリリトには会っていなかったから、トワが連れ去られそうになったことも、それからヒュウゴのこともなにも話してはいない。事情を説明しようにも、とてもひと言では言い切れないし、こんな道ばたで話せることでもなかった。

「いろいろって……っていうか、トワ、泣いてた？　目が赤いけど」

眉をひそめながらリリトが聞く。今の今まで泣いていたから、リリトは見ただけでわかってしまったのだろう。

「うえ……リリトぉ……」

トワはリリトに抱きついて、「うえーん」と大きな声を上げて泣きじゃくった。

仲のいい友達のリリトの顔を見て、今までめいっぱいこらえてきた様々な思いが堰を切ったように溢れ出した。

そんなトワの背をリリトは黙ってやさしく撫でる。

しばらくトワの泣き声が落ち着くまでそうしていてくれたのだった。

「落ち着いた？」

泣きやんだトワにリリトが声をかけ、トワは頷く。

リリトはいきなり泣き出したトワが心配だからと、店まで送ってくれると申し出た。

その道すがら、トワはこの前リリトがヒュウゴの家から帰ってからのことをすべて話す。

トワがハイランダーのような男に襲われたこと、その後すぐにラウでのオメガの誘拐事件が相次いだらしいこと。そして……そのオメガの誘拐にヒュウゴがかかわっているのではないかという疑惑が持ち上がって、噂があっという間にコルヌ中に広まったこと。

「……その噂は俺も聞いた」

「リリトもやっぱりヒュウゴが絡んでいると思ってる？」

おそるおそるトワは聞く。リリトはううん、と首を横に振った。

「ヒュウゴがかかわっていないって信じてるさ、俺は。だって、トワが好きになったひとだからね。トワはさ、昔っから、悪いひとにはけっして近づかないだろ」

「そうだっけ？」

「うん。覚えてないかな。俺たちがまだ小さいとき、教会のバザーにやってきた、お偉い学者先生がいたんだけどね。その先生はとても物腰がやわらかくて、孤児院の俺たちにもにこにこ笑いかけながらやさしく声をかけてくれたんだよね。そんで、ひとりひとりに甘いお菓子をくれて。俺たちはさ、そんなふうにやさしくされて、その先生にめちゃくちゃ懐いたんだけど、トワだけは絶対近づかなかったんだ」

記憶を探ったがあまり覚えていない。けれどいつも一緒にいたリリトが言うのなら、そういうことがあったのだろう。

「でさ、孤児院におとなしくてきれいな女の子いたろ？　長い黒髪で」

それは覚えている。確かあの子も自分たちと同じヒトで、長くて黒い髪の毛がとてもきれいだった。やさしくてトワにもとても親切な子。

トワが覚えているというように頷くと、リリトは続けた。

「その子があろうことか懺悔室でその学者先生にいたずらされていたの、トワは知らないだろ？」

リリトの衝撃的な言葉にトワは驚いて目を見開いた。

「知らない……そんなことあったなんて、俺……」

「トワはそういうとこわりと鈍感だからね。でも、知ってるのもきっと俺だけだし。あのときたまたま俺がその現場に通りかかって、シスターに告げ口した関係上ね。まあ、驚いたなんてもんじゃなかったよ。……あの子はそれから他の孤児院に移っちゃったんだけど、そういうことがあったってこと。俺もさ、ちっこいときだったし、そういうゲスな野郎が存在してるってことを知らなかっただろ。だからあれはいい勉強になったけど。――で、そのときに限らず、トワはなんかいつもそういう善人面した悪人を避けてんだよな。無意識だと思うけどさ。こればかりは才能ってやつだよね」

自分ではほとんど意識したことがなかったが、そうだとするなら今自分の周りにいいひとばかりが集まっていることについて、理由がわかるような気がした。

「だからさ、トワがヒュウゴに懐いているってことは、悪人じゃないだろうって。それだけで俺は信用してんだよ」

意外なリリトの話にトワは驚くしかなかった。

だとしたら、やっぱりヒュウゴはオメガをさらうようなひとではないということだ。トワはいくらか気持ちが軽くなる。とはいえ、彼への周囲の誤解をどう解いたらいいものか。自分にできることなんかほとんどと言っていいくらいなにもない。できるのはただヒュウゴを信じることだけ。

(俺だけはヒュウゴの味方でいる……絶対に)

きゅっと唇を引き結ぶ。

「リリト、ありがと」

「元気出た?」

トワはこっくりと頷いた。するとリリトはにっこりと笑う。

「そりゃよかった。……ところでさ、トワ。俺もちょっと話があるんだ。仕事の後、俺の店寄れる?」

「話? うん、いいよ。仕事が終わったら行くね」

「じゃ、待ってる」

リリトと別れ、トワは仕事に戻る。

別れ際のリリトの顔は、いつもとちょっと違って、少しうきうきとしていたような気がする。それにリリトは誰かを好きになると、決まってトワを呼びつけて話がしたいと言うのだ。だから今日の話も、新しく好きになったひととの話だろう。

リリトの恋の話を聞くのをトワは好きだ。

恋しているときのリリトはとっても可愛くて、幸せそうだから。

（早くリリトにもつがいができるといいな）

そんなことを思いながら、トワは店が閉まるのを心待ちにしていた。


「ねえ、聞いてよ、トワ」

仕事の後でリリトの店に寄ったトワは、カウンター席に座っていた。

トワの仕事が終わる、日が沈みかける頃から完全に沈むまでのほんの僅かな時間、リリトのカフェはぽっかりとそこだけ客がほとんどいなくなる。

ティータイムとディナータイムの間の時間は、リリトにとっても休憩時間のようなものなのだ。

リリトはカウンターに立つと、トワに自慢のお茶が入ったカップを差し出しながら「ねえねえ」と話を切り出したのだった。

「昨日来たお客様がものすごくすてきなひとだったんだよ」

これで何度目かわからないリリトの、ほぼ定型文にもなったそんな言葉をトワは聞く。

「どんなひとだったの？」

「それがさ、今までで一番！」

これもいつものことだ。今までで一番、これもいつものセリフ。けれど、今日はそんないつもの言葉に、聞き慣れない言葉が続けられた。

「声なんかかけられないくらい、すてきだったんだよ」

トワは思わず「え？」と聞き返した。

リリトはいいな、と思ったひとには積極的にアプローチして、こういう報告を聞くのは大抵デートの約束を取りつけた後か、でなければ既に寝てしまっているか。

トワへ話をするのはいつだって新しい恋人ができた事後報告だったのに、今回に限ってはまだアクションを起こしていないらしい。

珍しいこともあるもんだ、と思いながらトワはリリトの話に耳を傾けた。

「それがさ、そのひとすごいひとだったんだ」

興奮気味に話すリリトにトワは気圧される。

「そ、そうなんだ」

「そうなんだよ！　トワ、聞いたことない？　町のはずれに政府の新しい研究所ができるって話」

「ううん、知らない。そんなのできるんだ」

　トワはあまりそういう話に興味がない。特にここしばらくは、次から次に驚いたりへこんだりすることが山ほどあって、ひとの噂を聞く余裕なんかまるでなかったため、なおさら疎いのだ。

「うん。めちゃくちゃ大きな研究所になるみたい」

「へえ……」

　そんなものができるなんて知らなかった、とトワは感心した。ピピガあたりの耳には入っているだろうけれど、ピピガも機械やなんかにはあまり詳しくないから、トワ同様興味を持たなかったのかもしれない。

「それでね、そのお客様、その研究所の視察団の方だったんだよ」

「ふうん……」

　気のないトワの相づちに、リリトは少し不満げだった。きっともう少しトワが驚くと思ったのだろう。

「それも視察団のリーダーの方だったの！　すっごい偉いひとなの！」

　リリトがとても大きな声を出すので、トワは頑張って大げさに「そうなんだ」と反応してみせた。じゃないとリリトがへそを曲げてしまいかねない。

「もう、めちゃくちゃかっこよかったんだよ〜。トワぁ、俺、あのひととお近づきになりたい〜」

リリトはすっかりその視察団のリーダーだというひとに夢中のようだった。

目はとろんと蕩けているし、頰はほんのりピンクになっているし、吐息はせつなく甘い。

こういうリリトもなかなか珍しくて、それはそれでトワは興味深かった。

「でも、視察団、っていうくらいだから、もう帰っちゃったんだろ？」

「ふふん、ちょっと違うんだな」

にやっ、とリリトが唇の端を上げる。

「そうなの？」

「うん。なんでも、しばらくコルヌに滞在するんだって。いろいろ調査しなくちゃいけないことがあるらしくて。調査次第で、最先端の工場も併設されるかもって言ってた。そしたらコルヌはアーラに負けないくらい大都市になるかもしれないんだって」

「なんかすごいね」

「だろ？　アーラみたいな大都市ってすごいと思わない？　俺、すっごくうれしい！」

リリトの興奮しきった反応とは裏腹に、このコルヌでのんびり育ったトワには、アーラのような大都市になるかも、と言われてもピンとこない。

トワはアーラには二度ほど行ったことがある。まだ小さいときに教会のシスターに連れられて孤児院の子数人と一緒に見学に行ったときと、ヒュウゴの手伝いで連れていってもらったとき。小さい頃のことはほとんど覚えていないが、ヒュウゴと一緒に行ったときにはアーラのなにもかもがコルヌとかけ離れすぎて驚くことばかりだった。

なにしろあたりは大きな建物ばかり。中には天に届くくらい高くそびえ立っている建物もあって、あの建物とアルパリとどっちが高いだろう、と思ってしまうくらいだったのだ。

それだけではない。トワたちがよく知る地上を走る列車はもちろんのこと、地下を走る列車もあったのだ。

ここいらでは列車というと蒸気機関車だが、アーラの地下を走る列車はどうやら違うらしい。煙突もないし、煙なんか一切出ていなくて、どうやって動くのだろうとトワは不思議だった。

ヒュウゴに聞くと、電気だと言う。電気で列車が動くというのはびっくりした。

となると、このコルヌもあんなふうに山のように大きな建物や、地下を走る列車もできるようになるのだろうか。

トワは嫌だな、とリリトには悟られないように、心の中で渋面を作った。

そんなものがなくても、このコルヌにはすてきなものがたくさんある。

アルパリ、シューウス、マヤムの三名峰にエレウェン湖。春には新緑と淡い色の花々が、夏には緑が深くなって、花の色も鮮やかになる。秋には葉は色づいて黄色や赤い色へ、そして冬は白い雪が山を覆う。どの季節もトワの心をわくわくさせるのだ。

それなのにあんな大きな建物がたくさんできたら、コルヌの周りにある美しい景色が台無しになってしまうじゃないか。けれど、リリトはアーラのような大きな都市になるというのが楽しみらしいから、トワはよけいなことは口にしなかった。

「トワ？　どうかした？　浮かない顔して」

「ううん、なんでもない。……なんか夢みたいな話だなと思って」

「だよな！　それにヴェルナー様だよ」

「ヴェルナー様？」

トワは聞き返した。はじめて聞く名前だ。

「だから、その視察団の方だって。ヴェルナー伯爵っていうの。本当にすてきなアルファなんだよ……！　トワだってきっと夢中になるから！　ヒュウゴなんか目もくれなくなっちゃうかも。あんな方のつがいになりたい～」

「リリトってば」

のぼせ上がっているリリトにトワはくすくすと笑った。

「ねえ、見て見て、トワ。アーラにあるヴェルナー様のお屋敷ってさ、こーんなに広いんだよ。それにほら、アーラのど真ん中にあるんだ」

リリトはトワにアーラの地図を広げて見せた。リリトはアーラにときどき遊びに行く。だから地図も持っているのだが、使い込まれてボロボロになっている。その愛用の地図を指さされて、トワはそちらに目をやった。リリトの言うとおり、中心部に大きな敷地を持っているらしい。

「へえ、すごいんだね」

「そうなんだよ。爵位は伯爵だけど、やり手らしくて、ものすごいお金持ちなんだって！なんか今回の研究所の設立に関しても、ヴェルナー家がスポンサーらしいよ。すてきな上にお金持ちなんて最高」

すっかりヴェルナーという伯爵に熱を上げているリリトにトワは複雑な気持ちだった。いくらリリトが魅力的でも伯爵のつがいになれるかどうか。相手は貴族だし、それこそ運命のつがいと呼ばれる、特別のつがいでない限りは可能性はかなり低いだろう。

「あっ、そうそう。明日、研究所の設立関連でルドラニル聖堂でコルヌのひとたちに向けてヴェルナー伯爵が演説されるらしいんだよね。トワも一度見てくるといいよ」

リリトがここまで入れあげているヴェルナーというひとにトワも興味を抱く。明日は仕事も休みだし、教会まで見に行ってみようという気になっていた。


次の日、トワが家を出ると、町のひとたちも大勢トワと同じ方角へ向かって歩いている。そのひとたちの会話を耳にしながら、トワもルドラニル聖堂へ向かった。

研究所ができると、ここに移り住むひとも増え、また産業が活発になる。今は精密機械の小さな工場が中心だが、大きな工場ができる可能性もあるだろう。

そうすると、コルヌは潤うということで町中がお祭り騒ぎのように浮かれていた。ルドラニル聖堂には、男性のみならず、女性も数多く集まっていた。特に若い女性。彼女らは口を揃えて、ヴェルナーの話をしている。

（みんなリリトみたい）

リリトのように、ヴェルナーの姿を見たらしい女性たちはみんなうっとりとした顔で彼が出てくるのを待ち構えている。

（すごいなあ……）

こんなふうに誰をも夢中にさせるなんてすごい、とトワは素直に感心する。あたりをきょろきょろと見ていると、ヒュウゴの姿を見つけた。

それはヒュウゴのほうも同じだったらしく、トワの姿を認めると駆け寄ってくる。

「なにしてんだ」

「偉いひとの演説を聞きにきたんだよ」

トワが言うとヒュウゴは目を丸くする。

「なんだ、おまえ、そういうのに興味あったのか」

驚いたように聞かれ、トワは首を横に振る。

「ううん。実はさ――」

トワは昨日のリリトの話をかいつまんでヒュウゴに話して聞かせた。

「リリトがどうしても見てこい、って言うからここに来たけど、すごいね」

「ああ、まあな」

「ヒュウゴはどうしてここに？」

そういうのに興味あったのか、と意外そうにヒュウゴに言われたけれど、トワにしてみれば彼だってこういったものに興味があるとは思わなかった。

「これだけ大騒ぎになっていればな」

ヒュウゴとトワは周りを見回す。新しくできる研究所の噂話にあちこちでしきりに花が咲いている。お祭り以外でこんなに大勢のひとたちが集まるのもそうないことだ。これではたいして興味がなくても、気になってしまうだろう。

ただ、ときどき数人のひとたちがヒュウゴを見て、ひそひそと囁き合っているのを見ると、つきりと胸が痛む。

トワはぐいぐいと彼の腕を引く。

「ヒュウゴ、あっちに行こう」

「ん？」

「いいから、こっち」

トワに言われて、彼もようやく状況を理解したらしい。苦笑いしながら「気を遣わせちまったな」とトワの言うなりになった。

「……あのね、噂聞いた？」

「まあ、それなりにな。根も葉もない噂だと思ってるが。言わせておきたいやつには言わせておけばいい」

ヒュウゴはあっけらかんと笑った。

彼の堂々とした態度が清々しく、トワはこんなふうに胸を張って立っているひとが悪いことをしているとはとても思えない、とヒュウゴのことを改めて信頼した。

すると自分が陰口を叩いているひとたちから彼を遠ざけたことが、少し恥ずかしくなってしまう。

「よけいなことしたと思ってる？」

おずおずと聞くと、ヒュウゴは「いや、そんなことはないさ」とやさしい目でトワを見つめた。

それからすぐに正午のカリヨンが鳴り響く。

美しい調べが鳴り終えると、あたりがわっと、どよめいた。

聖堂の扉が開く。そこから数人のひとが現れ、さらにその後ろからもうひとり。その最後のひとりが現れたとたん、ひときわ大きな歓声が上がった。

トワはヒュウゴと並んで比較的前方の、演説が聞きやすいところに立っていたのだが、そのひとが現れた瞬間、一斉に女性たちが黄色い声を上げて前のほうへと押し寄せてくる。

「うわっ」

「トワ、こっちだ」

ひとの波に流されないように、ヒュウゴがトワの手を掴んでくれていなかったら、どうなっていたか。ヒュウゴがトワの手を引き寄せ、彼自身の胸に抱き込んで守ってくれた。

彼の逞しい胸のふかふかの毛に包まれて、安心する。

おかげで怪我(けが)することもなく、無事にやり過ごすことができた。

「……びっくりした」

「大丈夫か？」

金色の目で覗(のぞ)き込まれて、心臓が跳ねる。予想もしていなかったから、心の準備ができていない。久しぶりにとても近いところで彼の顔を見て、やっぱりこのひとが好きだと実感してしまった。

「だ、大丈夫……。も……大丈夫だから……その……」

放して、という声が小さくなってしまう。恥ずかしいし照れくさいし、それにやっぱり心臓がうるさく鳴ってしまって困るのだ。

「あ、ああ。悪かった」

ヒュウゴがトワを放す。

互いに少しばかり気まずいような雰囲気になったが、それを打ち消すように「コルヌの皆様」と張りのある声があたりに響いた。

はっとして、ふたりで声のほうへ目を向ける。

聖堂の階段の上で、見目麗しい男性がにこやかな笑顔を見せていた。

あれが、ヴェルナー伯爵。

そうはっきりとわかるくらい、彼はここにいる誰よりも目を惹いている。肩の少し上までの美しい金色の髪の毛はゆるやかにウェーブがかかり、そよぐ風に揺れていて、太陽の光が当たるたびにキラキラと輝いていた。風が少し鬱陶しいのか彼は手で髪の毛をかき上げる。その仕草がいちいち優雅だ。

またとてつもなく整った顔立ちだが、中でもひときわ惹きつけられるのは、やはり切れ長の目か。彼が流し目をくれるたび、あちこちから甘い溜息のような声が聞こえてきた。

「すごい人気だね」

トワは感心しながら言う。

リリトの言っていたとおり、とても魅力的なひとだと思う。女性たちやリリトが夢中になるのもよくわかる。

でも、とトワはヴェルナーを見ながらぼんやりと思った。リリトは「トワだってきっと夢中になるから！」と言っていたけれど、トワはいまひとつピンとこない。

もちろんすごくすてきなのだが、胸はまったくときめかなかった。それよりヒュウゴが隣にいるほうがずっとずっとドキドキする。さっきも彼の胸に抱かれて、体中が心臓になってしまうかと思ったほどだ。

「あいつは昔からそうだった」

ヒュウゴがぼそりと呟くように口にしたのは、あたかも彼がヴェルナーと知り合いであるかのような言葉。

え、と聞き返したが、ヒュウゴはそれ以上なにも言わない。たくさんの人の声や物音がしている中で聞いたから、トワも聞き違いかもと思ってそれ以上は追及もしなかった。

演説の内容は難しくてよくわからなかったが、ヒュウゴが「これからはコルヌを重工業の拠点にしたいんだとさ」とわかりやすく話してくれる。それを聞いて、トワは顔をしかめた。

「なんだ、変な顔して。トワはコルヌがアーラみたいになるのが楽しみじゃないのか？」

「全然。そんなの嫌だよ。リリトはアーラに憧れているから楽しみにしてるけどね。俺、ここが本当に好きなんだ。アーラみたいにわけのわかんない大きな建物だらけになるのは嫌。山も湖もこんなにきれいなのに、どうしてこの景色を台無しにするようなものを作るのかわかんないもの。アーラの景色はアーラにだけあればいいじゃない。……コルヌがアーラみたいになったらどうしよう」

ぶすっとした顔で答えると、ヒュウゴは小さく笑った。そうしてトワの髪の毛をくしゃりとかき混ぜる。

「そうだな。俺もここの景色はこのままがいいな。これだけ見事な景色はそうそうあるも

んじゃない」

「……ねえ、ヒュウゴ、どうしても研究所ってのを作らなくちゃいけないの？」

トワが訊ねると、ヒュウゴは少し困ったような顔になった。

「そうさな……俺たちがいつも使っているものをもっと便利に作り替えたいとか、もっと便利な新しいものを作りたい、って、作ってる側はいつでも思うんだよ」

「この前ヒュウゴが作った、コーヒーを淹れる機械みたいに？」

あの機械はとても便利だな、とトワは思っていた。

なにしろコーヒーを淹れる間、自分はなにもしなくてもいいのだから。機械が動いてコーヒーを淹れている時間、他のことができるというのはありがたいことだ。

「ああ、そういうことだ。だから、そういう便利なものをたくさん考えて作り出す場所が研究所、ってところでな」

「……大事なのはわかったけど、コルヌじゃなくてもいいのに」

暮らしが便利になるのはいいことだが、そのために大好きなこの場所の景色が変えられるのはあまりうれしくはない。トワのその気持ちがわかったのか、ヒュウゴは「俺もそう思うよ」と同意してくれた。

「だよね！」

「だが、政府にもいろいろ事情があんだろうさ。まあ、作るなら作るでこの景観を壊さないように配慮してもらいたいよな」

トワはその言葉に納得する。確かに景観を損ねないなら、あってもいいかもしれない。便利なものを生み出す場所は必要なものだと思うから。

「さて、演説も終わったし、そろそろ帰るか」

ヒュウゴはポンとトワの肩を叩く。

「うん。すっかりお腹もへったし」

「そうだな。それじゃあ、一緒に飯でも食うか」

「食べる！」

ふたり連れだって、帰途につく。途中でリリトの店に寄ってもいいし、家に帰ってトワが昼食を作るのでもいい。近頃あまり一緒に食事ができなかったから、トワはうきうきとした気分でいた。

そのときちょうど例の視察団の一行と出くわす。彼らは町のお偉方に案内されて、どこかへ向かおうとしていたらしい。いつも偉そうな町長が、コメツキバッタのようにへこへこと頭を下げ、ヴェルナーのご機嫌取りをしている。

自分たちには関係ないからと、トワはちらっと横目で見るだけにとどめてその場を立ち去ろうとした。

遠くから見たときよりも近くで見るヴェルナーはやっぱりものすごくハンサムなひとだった。リリトはつがいになりたい、と軽口交じりに言っていたけれど、案外本気なのかもしれないな、とトワは思う。

リリトだって、かなりの美形だ。こんな田舎にいるのはもったいないくらいきれいだし、ヴェルナーと並んでも見劣りするものではない。

(リリトの恋が実るといいのに)

なんといってもリリトは大好きな友達だ。幸せになって欲しいと思うのは、友達なら当然のことだろう。

そんなふうに思いながら、もう一度ヴェルナーへ視線をやると、彼がトワたちのほうをじっと見つめているのに気づいた。

ヴェルナーの視線をたどると、その先にはヒュウゴがいる。彼はヒュウゴに向けて怪訝そうな目を向けていた。表情もどこかこわばっているようにも思える。

そういえば、さっき、トワはヒュウゴの微かな呟きを耳にしていた。

あのときヒュウゴはヴェルナーのことを知っているような言い方をしていたが、ヴェルナーのほうもそうなのだろうか。あの表情はヒュウゴのことをわかっているというようにとれる。もしかしたら彼らは互いに面識があるのかもしれない。

（ヒュウゴは軍にいたっていうから……）

ヴェルナーは貴族だし、ヒュウゴは軍人だったから、どこかで接点があって、出会っていてもおかしくない。しかし、いずれにしてもトワには関係のないことだ。

それより早く帰ってご飯が食べたい。なんといってもお腹が空(す)いた。

「ねえ、ヒュウゴ、そこのお店でひき肉いっぱいのパイを売ってるんだけど。すごく美味(おい)しいんだって」

「へえ、そりゃいいな」

お腹がへった、と言い合いながら、ふたりは帰路を急いだ。


「トワ！　トワ！」

数日後のある日、トワが店番をしていると、リリトがいきなり店に飛び込んできた。走ってきたらしく、息切れして、頬(ほお)を紅潮させている。

「あれ、リリトなんか急用？」

「違う、違うって。聞いてよ！」

まだ整っていない荒い息の合間、リリトははしゃいだ声を出している。

どうやら頬が赤いのは走ってきたせいだけではないらしい。やけに気持ちが高ぶっているようだ。

「聞くって。聞くけど、まずは落ち着いてよ」

「これが落ち着いていられるか、って。もう！　聞いてってば」

「わかったって。わかったから。それじゃあ、どうしたの？」

くすくすと笑いながらトワがリリトに聞くと、彼はこの上なく幸せそうな顔をした。

「ヴェルナー様のお茶に誘われたんだって！　ねえ、ヴェルナー様だよ！」

リリトは両手を彼自身の頬にあてて、うっとりとトワに報告する。

今まで見たことがないくらい、幸福そうな様子のリリトにトワは自分のことのように喜んだ。

「すごいじゃない！　リリト！」

「だろ？　もう夢みたい。あー、なに着て行こう」

彼は既に心ここにあらず、という様子だ。言うだけ言ったら満足したのか、今度はトワが話しかけてもまるで声が聞こえていないらしく、返事がない。

もしかしたらここまで舞い上がっているリリトというのははじめてかもしれないな、と思いながらトワは聞いた。

「ねえ、どうしてそんなことになったの？　リリトこの前、声かけられないって言っていただろ」

「それがね――」

リリトの話によると、あの演説の日、町長の屋敷でパーティーが開かれたらしい。そのパーティーの手伝いでリリトは駆り出されていたとのことだった。そこでヴェルナーがカフスボタンを落としたらしいのだが、それをリリトが拾って彼に手渡した際、そう誘われたのだという。

「おじいさまの形見の大事なカフスだったから、拾ってくれてよかった、って言ってもらえて。宝石のついたものだったし、売ればかなりの価値だったみたい。以前にそういうものを落としたときにはそのまま盗まれたこともあるんだって。だから無事に戻ってよかったって本当に感謝されちゃって」

ヴェルナーはその礼を兼ねてリリトをお茶に招待したとのことだった。

伯爵の身につけるものならそういうこともあるだろう。特に高価な宝石がついたものだと、落とせば戻ってくる可能性はほとんどない。おまけにそれが大事な形見だとするなら、ヴェルナーがリリトに感謝するのは当然と思えた。

「それにね」

ふふっ、とリリトは意味ありげな笑みを浮かべる。

「前にうちの店に来たときに、俺のこと可愛(かわい)いって思ってたんだって」

浮かれきっているリリトはその日一日大はしゃぎだった。場所も構わず歌は歌うわ、踊り出すわ、ピピガもそれから周りのひとたちも目を丸くしていたくらいだ。

そんなリリトを目にして、トワはリリトの夢が叶(かな)うといいな、とひっそり祈るのだった。


研究所の設立でコルヌ中が沸き立っているからか、一時席巻していたオメガの誘拐事件の話題はすっかりみんなの中から消え去ったらしい。

このところそのオメガの誘拐もぱったりとなくなってしまったこともある。

というのも、その件に関しては、不審な男がよその町で捕まったということと、それから誘拐がなくなったということから、犯人はその不審者なのではないかと取り調べが続いているらしい。

だからもちろんヒュウゴへの疑惑も解消されたし、現金なもので、町のひとたちはなにごともなかったようにヒュウゴと接している。

トワならそんな態度を取られたら、「あのとき犯人扱いしてたくせに」と憤慨しそうなものだが、ヒュウゴは「まあいいじゃないか」とのんきなことを言っている。

手のひらを返したような町のひとたちには呆れるほかないが、ヒュウゴがいいなら、トワにはなにも言えなかった。

表面上はだから以前と同じような穏やかな日が続いている。

ただ少し違うのは、リリトがすっかりトワと会わなくなったことだ。

どうやらリリトはあれからヴェルナーと親密になったようで、逢瀬を続けていると聞いた。彼は勤めているカフェを休みがちになって、あまり仕事に出てこなくなってしまったとも。

リリトは恋をすると仕事をおろそかにしがちだから、店のマスターも慣れっこになっているらしい。それに相手が相手だけに、仕方がないと思っているのかもしれなかった。

「リリト元気かなあ」

友達が好きなひとと一緒にいて幸せなのはいいが、やはりさみしい。

けれど、リリトの姿を見かけたひとは彼がヴェルナーと甘い雰囲気をつくって楽しそうにしていると言っていたので、トワはそれで満足することにしていた。自分がリリトのところを訪ねて彼の大事な時間を邪魔してもいけない。きっとリリトもそのうちトワのところに会いにきてくれるはず。その日を待つことにしたのだった。

リリトに会いたい、と思っていたそんなときのことだ。

ある日、トワはピピガに配達を頼まれた。

配達先を聞いてトワは驚く。

「えっ⁉」

それもそのはずで、配達先はなんとヴェルナーがコルヌに一時的に滞在するために借りている屋敷だったのだ。

「くれぐれも粗相のないようにな」

突然の注文だったようで、ピピガもかなり面食らっており、普段よりもっとおろおろとしている。

パンの入った木箱を自転車にくくりつけ、配達先である、町はずれの屋敷に向かった。

もともとその屋敷はどこかの貴族の別荘だったらしいのだが、今は誰も住んではいない。

それをヴェルナーが買い上げて現在コルヌでの滞在に使用しているようだった。

トワはヴェルナーの屋敷に行けばもしかしたらリリトがいるかも、とそわそわした気持ちで、自転車を走らせる。

ヴェルナーの屋敷のあたりはアルファが多く住む地域でもあり、その中でも小高い丘の上にある大きな屋敷はひどく目立っている。トワのような者は配達でもない限り、ほとんど立ち寄ることのないところだから、わけもなく緊張した。

いつもは遠くから見るだけの屋敷。トワはその豪奢（ごうしゃ）な屋敷を目の前に気圧（けお）されるように立ち尽くした。

「うわ……」

リリトに会えるかも、なんて気軽に思っていたが、これではちょっと無理な話だ。

トワは苦笑しながら裏手に回り、使用人たちが利用する通用口へ向かう。

実用重視の質素な外階段から地下の厨房（ちゅうぼう）へ案内され、パンを届ける。

「お疲れさん。悪かったね。今日は人手が足りなくて。パンまでは手が回らなかったんだ。助かったよ」

届けたものの、コックのひとりにそう言われただけだ。

また階段を上がって、同じ道のりで通用口に戻る。行き来する間は使用人のひとりが付き添っていたので、勝手なことはできず、結局代金を受け取って帰るだけだった。

「あーあ、つまんない」

ここまでやってきたのに、リリトに会うどころか屋敷をよく見ることさえできなかった。

「なんか喉（のど）渇いたな」

がっかりすると一気に疲れもくるような気がする。

ここまで来るために、自転車を必死に漕(こ)いで坂道を上ってきたが、その疲れが押し寄せた。喉も渇いたし、どこかで休みたい。この丘を下りたところにある小さな森に、きれいな清水が湧(わ)いている場所がある。

そこでいったん休憩していこう。

トワは自転車にまたがって、ペダルに足をのせる。ぐい、とやけくそ気味にペダルを踏んで、坂道を駆け下りた。

脇道(わきみち)に逸(そ)れて森へ向かう。ここは小さな森だけれど、静かだし、きれいな水が飲める池もある。休むのには最適だ。

気を取り直してトワは鼻歌交じりに森へ入ると、大きな木の側(そば)に自転車を止める。

トワが池のほうへ足を進めると、その先からなにやら物音が聞こえた。鳥が飛び立つ音だろうか、と立ち止まって耳をそばだてる。

だが、それきりその声は聞こえなかったので、気のせいだろうとトワが足を進めたときだった。

先の木陰でふたつの人影が絡み合っているのが目に入る。しかもひとりはほとんど裸同然とばかりに肌をさらけ出し、悩ましげな声を上げていた。

もうひとりは木に隠れて見えないが、どこからどう見ても恋人同士が愛し合っている様子にしか思えない。

とんでもないところに出くわした、とトワが慌てて目を逸らそうとした瞬間、聞こえたのは「ヴェルナー様……」と知った名前を呼ぶ声。それもその声の主は――リリトだ。

はっとして、木の陰からまじまじと見ると、男に背後から貫かれているのはリリトで、貫いているのはヴェルナーだった。

リリトはいやらしく尻（しり）を振り、トワが聞いたことのない甘い声を上げている。淫（みだ）らな声を上げる口からは赤い舌が覗き、露（あらわ）になった胸元には同じように赤くツンと尖（とが）った乳首も見えている。それはとても淫猥（いんわい）で……そしてリリトはきれいだった。

そんな艶（なま）めかしい姿のリリトに誘発されるように、トワまで体の奥からゾクゾクとした感覚が湧き上がってくるような気がした。

（あ……やだ……）

ぞわり、と肌が粟立（あわだ）つ感覚を覚える。

（こんなとこで……ヒートになったら……）

ダメだ、とトワは奥歯を思いっきり噛（か）んで、ヒートしかける体をこらえようとする。フェロモンが漏れ出してしまえば、大変なことになってしまう。

気を確かに持っていないと、ふらついてしまいそうになるため、しきりに唇を噛んで自分に痛みを与えながら自転車のあるところまで戻った。

なんとか必死に自転車を漕ぎ、自分の家まで戻る。

きっと今頃は体からフェロモンが溢れるくらい漏れ出ているだろう。だったら多分ピピガは匂いで、トワの異変に気づくかもしれない。

仕事をさぼってごめん、と思いながら、トワはそれより早く薬を飲まなければと薬箱を漁り、薬の瓶からザラザラと錠剤を手に取った。

それを水で流し込んで、ベッドの中に飛び込み布団をかぶる。

これできっと大丈夫。

薬も飲んだし、じっとしていたらすぐにヒートの症状は治まるはず。

トワはそう思いながらヒートの症状を体内へ押しとどめるように、ベッドの中で体を丸めていた。

しかし、症状は治まるどころか、薬を服用したにもかかわらずますます悪化しだした。

特に目を瞑っていると、瞼の裏にはさっき見たリリトとヴェルナーとのエロティックな愛の交歓の様子がまざまざと映し出されてしまう。

リリトは貪婪にヴェルナーを求め、うれしそうに甘やかな嬌声を上げていた。奔放にセックスを楽しむ彼の姿は、誰かと抱き合うことを知らないトワにはかなりの衝撃を与えたらしい。トワ自身ではどうにもできないほど、体の奥から疼いて仕方がなかった。

今すぐにここから出て行って、誰かに抱いてもらいたい。

リリトがされていたように後ろを誰かに貫いてもらいたい。

今まではここまで強い情動を覚えたことがなかったのに、とトワは布団の中で自分の体を自分で抱きかかえながら、泣きじゃくっていた。

体が熱い。トワは、はあ、と熱い息を吐いて、体内からそのよけいな熱を出そうとする。しかし、息をつけばつくほど、体は熱さが増してこらえきれなくなる。熱と疼きをやり過ごそうと体を捻ったとき、思わず下肢に手が触れた。しっとりとズボンの生地に湿気がこもっている。さらに、自分のペニスが硬く大きくなって、張り詰めているのが衣服越しにもよくわかった。

「……ん……っ」

とうとうトワは自らの手を下着の中に滑り込ませる。トワのペニスの先っぽからは先走りの蜜がこぼれだしており、下着まですっかりびしょ濡れになっていた。濡れた下着ごとズボンを引き下ろし、勃ち上がって濡れそぼったペニスを擦りだす。

「あ……ぁ……、あ——ッ」

勃起しきったペニスは、たかがトワの拙い刺激ですぐに精液を吐き出してしまう。

だが、一度の射精だけではトワのペニスは萎えることがなかった。まだ射精し足りなくて、再び指をペニスへ滑らせる。さらにそれだけでは刺激が少ないと、もう片方の手を胸元に忍び込ませた。そうしておずおずと乳首を弄りだす。

――あのときリリトがヴェルナーの手で高ぶらされ、腰を突き入れられて、歓喜の声を上げていた。特に乳首を弄られていたときのリリトの気持ちよさそうな顔が目に焼きついていて、まだ消えていない。

トワも同じように自らの手で乳首を摘まみ上げた。

「あ……んっ、あ、あん……っ」

ジン、と快感が体の中を走っていく。その快感を得たくて、トワはくりくりと乳首を捏ねたり、つねったり、刺激を求めた。

なのに、いくら乳首を弄っても、いくらペニスを扱いて射精してもまるで満足できない。

こんなふうになったのははじめてだ。いつもはヒートがきても、薬を飲んでしまえば、一度射精するくらいで症状は治まっていた。けれど今日は何度射精してもまったく治まる気配がない。

――どうしよう。このままヒートが続いたら。

ヒートの期間はトワの場合ほぼ一週間。一週間もこのままこうして情欲と戦わなければならないのか。怖い——自分がどうにかなってしまいそうで怖い。

「やだ……っ、やだ……ぁ……っ」

髪を振り乱し、どうにもコントロールがきかない自分の体に辟易(へきえき)しながら、泣きじゃくる。いよいよ我慢ができなくなり、後ろの密(ひそ)やかな場所へ手を伸ばそうとしたときだ。

ドンドン、と家のドアを叩く音が聞こえる。

だが、とても玄関までは出られない。それにこのフェロモンに誘われてやってきたアルファやベータだったらと思うと、ベッドの中でじっとしているより他なかった。

ノックの音は止(や)まない。

「トワ、大丈夫か」

ドア越しに声が聞こえた。ヒュウゴの声だ。ドアには鍵(かぎ)をかけている。ドアまで行って事情を説明したいけれど、とてもベッドから下りられそうにない。

それに彼は曲がりなりにもアルファで、普段は鼻炎で匂いがわからないとはいえ、ドアを開けてしまったら……。こんなに大量のフェロモンに包まれてしまえば、いくら彼でもどうなってしまうのか。

いつもはヒュウゴのつがいにしてもらいたいと、さんざんヒュウゴの都合も考えずにまとわりついているくせに、いざこうなってしまえば、こんなにはしたない姿を彼に見られるのは嫌だと、自分勝手なことを思ってしまう。

下半身を露にさせ、胸元まではだけて乳首を捻りながらいやらしい声を上げ、ペニスを扱いている淫らな自分をヒュウゴの目にさらしたくはなかった。

「……だ、やだ……ヒュウゴ、帰って……ッ」

トワは必死で叫んだ。

早く、早く帰って。

理性を失いかけながらトワは言い続ける。

意識が遠のきそうになる中、微かに鍵穴を回すような物音がした。

「トワっ」

ヒュウゴがトワのベッドまで駆け寄ってくる。

「こっ……！　こないで……っ」

トワは体に布団をたぐり寄せる。

「わかってる。大丈夫だ。……見ないから」

ヒュウゴはできるだけ目を逸らしながらトワにやさしく布団をかけ、トワの体を覆い隠す。

「帰って……お願い……お願いだから……」

泣きじゃくってトワは布団の中からくぐもった声を出す。

「こんな状態のおまえを放っておけるわけないだろうが。……特効薬持ってきた。腕だけこっち出せ」

特効薬、と聞いてトワは驚いた。いつもトワが服用している薬は内服薬で、それはフェロモンを抑える薬だが即効性はない。それにトワなどに配布される安い薬は品質も効き目もいまひとつだ。この配布の薬で効かないオメガはわざわざ高い薬を医者から処方してもらうのだ。これまでトワは配布の薬でなんとかなっていたから、高い薬は必要なかった。

そしてヒュウゴが今口にした「特効薬」。こちらは、即効性の高価な薬だった。特効薬というだけあって、効き目はてきめんである。なにより注射なので断然に効く。ただ、これは本当に高くて、トワには手が出せない。

その特効薬をヒュウゴが持ってきたと言うのだ。

そんな高い薬、いくらヒュウゴが金に困っていないとはいえ、おいそれと甘えるわけにはいかない。トワはふるふると頭を振った。

「そんな高い薬……」

拒むと、ヒュウゴは呆れたように強引にトワの腕を引っ摑んだ。

彼の手のひらは汗ばんでいる。多分、彼はトワのこのフェロモンに耐えているのだろうか。平静を装っているが緊張しているらしい。

「高いとか安いとかじゃない。いいから俺の言うことを聞け。これ以上辛い思いしたくないだろうが。……おまえの苦しんでる顔を見るのは俺も辛いんだよ」

そう言って、ヒュウゴはトワの腕に特効薬を注射する。注射は思っていたよりもずっと痛かったが、痛い、と口にすることはできなかった。

特効薬は打ったものの、即効性とはいえ、それでも効くまでに多少は時間がかかる。すぐそこにヒュウゴがいて、彼の気配を感じて――我慢できなくなる。

理性が崩れる前に薬が効いて欲しいが、それももう難しい。

自分がオメガであるということを証明するかのように、口をついて出るのは彼を淫らに誘う言葉だった。

「……だ……いて……、ヒュウゴ……お願い……」

いてもたってもいられず、トワは薬の始末をしているヒュウゴの背に抱きつく。彼の背に手を回し、自分の体を擦りつける。彼の豊かな体毛がトワの敏感な肌を刺激した。

「……ん……っ」

悩ましいトワの喘ぎ声に、ヒュウゴの体がぎくりと硬くなる。

「ヒュウゴぉ……」

彼の耳許（みみもと）で甘く名前を呼ぶと、彼の喉がごくりと鳴った。

トワは彼の首筋に頬を擦りつけ、そして彼の頬に唇を寄せる。

自分の意志とは裏腹に、体は彼を求める。心よりも先に、どうしようもなく体が彼を欲してしまう。

「おねが……い」

せつない声でトワは懇願した。すると、ヒュウゴが顔を振り向ける。彼の金色の瞳（ひとみ）がいつもと違い、獰猛（どうもう）な色を帯びていた。

「ヒュウ……」

トワが彼の名を呼ぶ口を彼の口で塞（ふさ）がれる。トワの舌に彼の舌が搦（から）められ、甘く口づけられる。そうして彼はやにわにトワの首筋に鼻先を埋めた。

ヒュウゴの舌がトワの鎖骨をなぞり、彼の手がトワの太腿（ふともも）をそっと撫（な）でる。

「あ……ぁ……んっ」

その刺激でトワが甘い声を上げた。そのときヒュウゴの体が再びぎくりとこわばる。そしてすぐさま彼はトワから自分の体を引き離してしまった。

「ヒュウゴ……？」

いきなり彼の体が離れていったことで、トワは不安げに彼を見つめた。

「……悪かった。こういうことをするつもりじゃなかったんだが」

言いながら、トワを抱きしめる。

「アルファってのも困ったもんでな。オメガにはてんで弱い。……今はおまえの弱みにつけこむみたいで、それだけはしたくないんだが」

「……俺は、いいのに」

トワが言うと、彼は首を横に振った。

「だめだ。おまえはもっと自分を大事にしろ。……それにそろそろ薬も効いているんじゃないか」

そう言われてみると、さっきまでの恐ろしいまでの情動は嘘のように治まっていた。

しかし、それでもまだトワのペニスは痛いほど張り詰めている。

「う……ん。でも……あのね……」

トワは自分の股間を手で隠す。これは自分でなんとかしないといけない。そう思いながら「あっち行っててくれる？」と真っ赤な顔でヒュウゴに言った。

波が引くようにヒートが治まったものの、代わりに羞恥心が襲ってきた。裸も同然の格好だし、していないとはいえ、抱き合ってキスまでは交わしてもいる。恥じらいもなくねだったりして、それがひどく浅ましく思えてきたのだ。

今まではセックスというものを本当にわかっていなかったと、リリトとヴェルナーの交合を目の当たりにしてようやくわかった。

リリトはいやらしくて可愛くてきれいで、甘く激しくヴェルナーを求め、ヴェルナーはまるでリリトを踊らせるように後ろから突き上げていた。

あんな幸せそうなリリトの顔をトワは見たことがない。

トワは自分が抱かれるときには、リリトのように幸せな気持ちで抱かれたかった。これまでヒュウゴが自分のことをそんなに好きではなくても、抱いてくれるだけでいいと思っていたけれど、今は本当に彼が自分のことを好きになってくれてから抱いてもらいたい。

抱いてだなんて、安易な気持ちでそれをねだってはいけないことだった……トワはやっとそれを理解した。

「ああ……それは辛いだろう？」

なのに彼はそんなトワの気持ちを知ってか知らずか、ベッドに座り直すとトワを抱え上げてから、彼の膝の上にまたがらせ、背を向けるようにして座らせた。

さっきまで体の中に渦巻いていた熱とは違って、やわらかなぬくもりがトワの背を包む。

なにをするんだろう、と思ったとき、唐突に彼の手がトワのペニスに触れ、指先が絡みついた。

「ヒュ、ヒュウゴ……！　なっ、なに……っ」

狼狽えるトワをよそに、彼の手はペニスを扱きだす。

「やっ……やだっ、やめ……っ」

彼からトワは逃れようとしたが、「出すだけだ」と抱え込まれて続けられる。

トワはこんなことを望んでいたわけじゃない。けれど、やっぱり好きなひとに触れてもらえるうれしさは、心のどこかにあった。——ただ、彼が恋人ならもっとうれしいのに。

心からトワのことを望んでくれたなら、それはものすごく幸せなことだったのに。

痛いくらいに張り詰め、とろとろと蜜をこぼしているトワのペニス。ヒュウゴの指が蜜が出ている割れ目をなぞると、トワは腰をひくつかせて啜り泣いた。

そうして蜜の滲み出たペニスはヒュウゴの手で扱かれる。彼の手から淫らな音が立ちはじめた。ぐちゅぐちゅとさらに濡れた音が増す。

「あっ、ああんっ……ヒュウ……っ、ぐちゃぐちゃ、って、ぁあっ……」

トワは髪を振り乱して、ヒュウゴの愛撫に没頭する。無意識にトワはヒュウゴの胸に縋り、より一層体を擦りつけた。

「トワ……トワ……大丈夫だ……だから気持ちよくなっていい」

聞いたこともない甘い声で囁かれ、鼓膜が震える。快感が波のように押し寄せ、腰がどうしようもなく揺れた。自分で擦るより何十倍もよくて、頭の中が真っ白になる。

「あぁっ……ぁ……ぁ……」

やがてトワは絶頂を迎える。ヒュウゴの体にしがみつき、ひときわ高い声を上げてつま先を丸めながら、白い蜜を彼の手のひらにたっぷりと吐き出した。

吐精を終えるとぐったりとなる。何度も吐き出していたせいか、その白い蜜はすっかり薄くなっていて、そしてひどい疲労が訪れた。

薬のせいなのか、いきなりとてつもない眠気が訪れ、目を開けていられずトワの瞼があっという間に落ちていく。

そのまま意識を手放して、深い眠りに落ちたのだった。

目覚めると朝だった。

(よく寝た……)

どうやらあれからずっと眠っていたらしい。窓から差し込む朝日の眩しさに目を細める。

当然といえば当然だが、ベッドの上にはトワ以外は誰もいない。

シーツもすっかりきれいなものに替えられ、そしてトワ自身も着替えさせられていた。すべて後始末がされていて、トワはいたたまれなくなる。

「うわ……俺……もう、ヒュウゴに会えない……」

ベッドを下りて、バスルームに行くと、シーツも汚した衣服も洗濯されていて、そこに干されている。それらにぼんやりと目をやって、トワは大きな溜息をついた。

「これじゃ恋人っていうより……」

保護者だよ、とますます自分の恋は遠のいていくような気持ちになる。

おそらくヒュウゴもそう思っているに違いない。トワのことは弟か……あるいは子どもか、そんな扱いなんだろう。

トワのことはそれ以上なにも思っていない。

それが証拠にこうして放っておかれている。

まだ湿っているシーツに触れながら、トワは「あーあ」と大きな声を出した。声でも出していないと、じんわり熱くなった目からなにかがこぼれてしまう。

半ば虚ろな意識の中だったけれど、ヒュウゴに口づけられたのはちゃんと覚えている。

今となっては、空しいような気もするが彼がどんなふうに口づけるのか、トワは知った。

本当の恋人なら、いつでもあんな情熱的な口づけをしてくれるのだ。

「どうしたら好きになってくれるんだろう……」

頑張ってアタックしてもきっともうヒュウゴはトワに振り向いてくれないような気がした。昨日のヒートの状態でどうにかならないのなら、もう絶望的だ。

こんなに好きなのに。

大好きで大好きでたまらないのに。

「うまくいかないよなあ」

ぽつりと言って、トワはバスルームを後にする。

ヒュウゴ以外のひとなんか全然考えられないのに。

「喉、渇いた」

昨日、かなり声を出したせいで、喉がひりついている。カラカラになっているのは喉なのか、それとも心なのか。

台所に足を向け、水差しに入っている水をカップに注ぐ。

ふとテーブルを見ると、見たことのないガラスの瓶が置いてあった。

「ん？」

茶色い遮光瓶を掲げると、中から、じゃら、と音がする。よく見るとラベルには薬の名前が書いてあった。

「これ……」

それはフェロモン抑制剤だった。しかも、とても高価な薬。

トワたちに配布されるような廉価な効き目の不確かなものではなくて、高いが効き目も確かなものだ。

昨日のトワのヒートの状態を見て、いつもの薬ではフェロモンは抑えきれないと考えて、用意してくれたのだろう。

「こんなことしなくたっていいのに」

このやさしさが、うれしくて、そして苦しい。

トワは瓶の蓋(ふた)を開け、ラベルに書いてある薬の数量を確認して、三錠、中から錠剤を取り出した。

飲まないと、また昨日のようなひどいヒートになってしまう可能性があるからだ。トワはまだ性体験がない。昨日のヒュウゴとのあれがはじめての誰かとの触れ合い。

成人になったらつがいを見つけなければ、年を重ねれば重ねるほど独り身のオメガは薬だけではフェロモンが抑えきれなくなってくるという。徐々に薬が効かなくなってきて、ひどく苦しむと聞いた。

トワの昨日の状態はそういうことだったのかもしれない。

「飲んでおこう……」

これでヒュウゴはトワとつがう気がないということがはっきりした。つがう気がないから、トワの強くなってきたフェロモンを抑えるためにこの薬を置いていったのだ。その気があれば薬は必要ない。つがいがいれば、ヒートの症状は軽減されるのだから。

カップに入れたぬるい水で薬を流し込むようにして飲む。

「苦っ」

薬はとても苦かった。

「なにこれ、高い薬のくせにすごく苦いんだけど！」

トワは薬の瓶に向かって文句を言う。

けれどその味は果たして薬の味なのか、それとも心の苦さなのか、トワにはわからなかった。

高い薬のおかげで、その次の日にはトワは外へ出られるようになった。

ピピガのところに行って、仕事を放り出したことを謝る。

「いいよいいよ。気にするんじゃない。トワはいつも真面目に働いているし、私もエトナもサボったなんて思いやしないさ。急にヒートになっちまったんだろう？　今回は特にひどかったみたいだねえ。ここからでもトワのフェロモンの匂いがわかったくらいだ」

「うん……。それに薬が全然効かなかったんだ」

「そうだったんだね。ヒュウゴが慌てて飛び出して行ったのは見たんだが、その……どうなったんだい？」

ピピガが角をピクピクとさせて聞く。少しソワソワしているみたいだった。

「どうなったって？」

「だからさ、その、ヒュウゴはアルファだろ。ヒートのトワのところに飛んでいったから」

ああ、とトワは苦笑した。

トワのフェロモンが彼を誘ったのだと、ピピガは思っているらしい。アルファとヒートのオメガがふたりきりになれば——あとは想像に難くない。しかしそれはピピガの想像だけに終わってしまったけれど。

「ん？　ヒュウゴは俺に特効薬を打ってくれただけ。あと、めちゃくちゃ高い薬を置いていった。その薬がさあ、やたら苦いのなんのって！」

あはは、とトワはおどけたように言いながら大口を開けて笑う。

それを聞いたピピガはきょとんとした顔をしていた。

「え……？」

「やだなあ、ピピガ。もしかしてさ、俺とヒュウゴがとうとうつがいになっちゃったって思った？」

「あ……いや、だって……まあ……」

ピピガは気まずそうに苦笑いをしている。まさか大量のフェロモンをまき散らしていたトワのあの状況で、なにもないというのは信じがたいのかもしれない。

「だってほら、見てよ。なにもないだろ？」

トワは巻いているストールをほどいて、自分のうなじをピピガに見せつけた。そこにはなにもない。ヒュウゴどころか誰の噛み跡もなかった。

「特効薬って、すっごいよく効くんだよ。俺、注射打たれた後、やたら眠くなっちゃって、気がついたら朝でさ」

ところどころごまかしてはいるが、概ね本当のことだ。

ヒュウゴとの間に結局なにもなかったから、よけいなことは言わない。

なんとなくぎこちない空気になったところで、客がやってきたのでトワもピピガもほっと胸を撫で下ろした。

少しして、ピピガが「あっ」と大きな声を出す。

「どうかしたの？」

訊ねると、ピピガがトワに向かって申し訳なさそうな顔をした。

「ヒート明けのところ悪いんだが、また配達を頼まれてくれないか。ちょっと遠いけれど、大丈夫かな」

トワはヒートが明けてすぐは、あまり調子がよくないことが多い。だからピピガはそういう言い方をしたのだが、さすがに今日はいつもと違って効き目のいい薬を飲んでいる。

だからなのか、調子は悪くなかった。

「いいよ。遠くても大丈夫。配達ってどこに？」

トワはにっこりと笑って、引き受けた。

自転車に乗って、思いっきり漕いですっきりしたい。

一昨日（おととい）は、リリトとヴェルナーの情交を見て当てられたせいで、ヒートが誘発されてしまったようだったが、特効薬などのおかげでそれも抑えられている。

「またヴェルナー様のところなんだよ。なんでもうちのパンが気に入られたとかで」

ピピガはどこか得意げだった。

だがヴェルナーの名前を聞いて、トワは一瞬、配達先を聞かずに引き受けたことを後悔する。この前の彼らの行為が頭から離れたわけじゃない。それどころかまだ生々しく思い出されてしまうほどだった。

でも、とトワは思い直す。

屋敷に行ったからといって、彼らに会う確率はほとんどない。

この前もそうだったじゃないか、とトワは屋敷の中のことを思い出した。通用口から厨房まではほとんど誰にも会うことがなかったし、それに厨房までの行き帰りは使用人が付き添っていた。

あのときはトワが寄り道したせいで、あんな場面に遭遇したのだ。

だから、今度は寄り道しないでさっさと用事だけすませてしまえばいい。——リリトに会えないのは残念だけれど、今は彼とどんな顔をして会えばいいのかわからないし、それでいい。

トワはピピガからパンを受け取ると、この前と同じように自転車を走らせた。

今日も天気がよくて、自転車を走らせるには最高だ。

ぐい、とペダルを踏んで、トワは自転車のスピードを上げる。瞬間、ふわりと体が風に乗るような気がした。

この瞬間がとても好き。

嫌なことも、もやもやした気持ちもこの風で全部吹き飛んでしまう。

丘のてっぺんにある屋敷までの坂道も、一気に駆け上がっていった。

屋敷に着くなり一昨日と同じように案内される。厨房へパンを届け終えると、トワは急かされる前にさっさと帰ろうとした。

（早く帰ろう）

屋敷を後にしようと、通用口の外に止めていた自転車に乗ろうとしたが、自転車がどこにもない。

「え？」

トワはあたりを探すが、自転車は見つからなかった。

もう一度屋敷に戻って訊ねるが、誰も知らないと言う。

「だって、ここに止めていたんだよ」

「そんなことを言っても。おおかた盗まれでもしたんじゃないのか」

「そんな……。あれがないと困るんだって」

「困ると言われてもねえ」

まるで関係ないと袖にされて、トワは落ち込む。それでも食い下がっていると、屋敷からヴェルナーが姿を見せた。

「なにを騒いでいるんだ」

ヴェルナーが不機嫌そうな顔で訊ねる。

「旦那様、申し訳ありません。たいしたことではございませんので」

使用人がぺこぺこと頭を下げながら、こちらへ向かってくる彼に駆け寄って言う。

ヴェルナーは呆れたようにふんと鼻を鳴らし、興味なさげに背を向けようとした。そのとき、トワに気づいたのか、じっと見つめてくる。

つかつかと歩み寄ってくるとじろじろとトワを見た。

「きみは？」

聞かれて答えようとすると、使用人が「パン屋です」とトワの言葉を遮る。

「おまえには聞いてない。……パン屋か。名前は？」

ヴェルナーは使用人を制し、トワに再び聞く。

「……トワです」

「トワか。きみはこの前、私の演説を聞きにきてくれただろうか」

打って変わってにこやかな顔になったヴェルナーにトワは頷く。

「ああ、やっぱり。きみはずいぶんと可愛らしくて目立っていたからね。……近くで見ると、ずっとすてきだ。遠くからきみのその赤い髪と唇が魅力的に見えていてね、あんな場所じゃなければ駆け寄って口説いていたくらいだ」

　歯の浮くようなセリフを口にされてトワは戸惑った。

「あ……りがとうございます」

　いきなりの口説かれているような言葉になんと返事をしていいのかわからず、とりあえず礼だけを口にする。

「そういえばきみ、あのときには狼の男性と一緒にいなかったかな？」

「え？　あ、はい」

　ヒュウゴのことだ。確かあの日、ヴェルナーはヒュウゴを見ていたとトワは感じたのだが、そのことなのか。

「彼はもしかしたら私の知り合いのような気がするんだが、彼の名前を教えてくれないだろうか」

　にこやかなヴェルナーの顔には本当に親しみが込められていて、トワはつい口を開く。

「ヒュウゴのことですか？」

「そう！　やっぱり。彼は元気でいるのかな」

「ご存じなんですか？」

「ああ。いや、懐かしい。彼がアーラを去ってから、どこに行っていたのかと思っていたのでね。いや、実は彼とは軍にいたときの知り合いなんだ。非常に優秀な男だったんだ。いくつも大きな作戦を成功させてね。いつの間にか軍をやめていたので、どうしたのかと心配だったんだよ」

「ヒュウゴが？　優秀？」

退役してコルヌに来てからのヒュウゴしかトワは知らない。怪我で退役したということだったが、ヴェルナーの口ぶりではそうは思えない。確かにトワの目から見ても、大きな怪我をしたわりにはどこにも不自由はなさそうだった。

「そうか……ヒュウゴはコルヌにいたのだね……」

一瞬、ヴェルナーの目に妙な光が宿った。

トワはそれを見てなんとなく嫌な気持ちになる。

だがそれと同時に、やはりヴェルナーはヒュウゴの知り合いだったのだ、とあのとき感じたことを納得した。とはいえヴェルナーは随分と親しげだという口ぶりだが、ヒュウゴのほうはヴェルナーのことをどう思っているのか。ヒュウゴはヴェルナーの演説を聞きながら、複雑な表情を浮かべていたような気がする。

トワの表情が戸惑っているのを察したのか、ヴェルナーは話題を変えてきた。

「それで、今はなにを揉めていたのかな？」

猫なで声で訊ねられ、トワは正直に乗ってきた自転車がなくなってしまったことを彼に話す。すると彼は大げさに両手を挙げて「なんということだ」と口にした。

「それは災難だったね。では新しいものを用意させよう。その間、よかったらお茶でもどうかな」

ヴェルナーはすっとトワの側に寄ってくると、さりげなく肩を抱く。

これは……どういうことだ……？

トワはヴェルナーがなぜこんなことをしてくるのかと、ぎゅっと体を硬くした。

「きみの店のパンは非常に美味だ。よかったら話を聞かせてくれないだろうか。お茶だけじゃなくて、私の部屋でゆっくり。きみはオメガなのだろう？　とても可愛いね。私はきみのような可愛い子が好きでね」

誰にも聞かれないよう耳許に低い声で囁かれ、トワはさらに体に力を入れる。直感的に、嫌だ、と思う。ヴェルナーに側に寄られると、ぞわりと肌が粟立った。

「す、すみません。やっぱり帰ります。自転車は後でまた探しにきますから」

仕事があるので、とトワは慌ててヴェルナーから体を離し、ぺこりと頭を下げた。

「そう、残念だね。また遊びにいらっしゃい。きみならいつでも大歓迎だ」

ふふ、とヴェルナーは笑うが、トワにとっては笑いごとではない。

人目も憚らずリリトに森の中であんなことをするくせに、トワにまで、まるでベッドにでも誘うような口説き文句を口にするなんて。

いくらアルファとはいえ、貴族とはいえ、節操がなさすぎるのではないか。

こんなところからは一刻も早く出て行きたいとばかりに、トワは屋敷から一目散に駆け出した。もう自転車なんかどうでもいい。とにかく早く帰りたかった。


その日の夕方。

そろそろ店を閉める準備をしていると、カランとドアベルが鳴る。

「トワ」

ドアを開けて入ってきたのは、リリトだった。

「リリト！　ねえ、元気だった!?」

久しぶりにリリトに会えて、トワはぱあっと顔を明るくする。ずっと会えていなかったから、やっと彼の顔が見られてうれしい。

だが、リリトのほうはとても険しい顔をして、トワを睨みつけていた。

「リ……リリト……？　どうしたの。怖い顔して」

リリトはトワのほうへやってくると、いきなりトワの頬を平手で打った。

パシン、と乾いた音がして、トワの頬が熱く熱を持つ。

ぶたれた、と痛む頬を手で押さえると、さらに反対の頬をリリトはまた平手で打った。

「やっ、やだ！　リリト……！　やめてよ！」

どうしてリリトにこうしてぶたれているのか、理解ができないと、トワは狼狽える。

「後から来て、横取りするなよ！」

リリトがトワへ向かって大声を上げる。

はっとして顔を上げると、リリトが泣いている。ぼろぼろと泣きながら、トワを睨みつけていた。

「横取りってなんのこと」

「とぼけるなよ！　ヴェルナー様を誘惑したくせに！」

「ゆ、うわく？」

え、とトワは怪訝な顔をする。誘惑なんてそんな覚えはない。リリトはなにか勘違いをしている。

「誘惑しただろ！　のこのこ屋敷までやってきて、隠れていちゃついてたくせに！　あんなにヒュウゴヒュウゴってうるさかったくせに、さっさと乗り換えやがって。ヴェルナー様は俺のほうが先に好きだったんだ。いい？　ヴェルナー様は俺をつがいにしてくれるって言ったんだから！　俺のつがいになるんだから！　トワには渡さない！」

リリトはひどく興奮している。金切り声で罵声を浴びせ、とてもいつものリリトとは思えないほど怖い顔をしていた。

「リリト……なんか勘違いしてる。俺、ヴェルナーさんとは関係ないから。今日お屋敷に行ったのは、パンを配達に行っただけ。きっとリリトが見たのは、俺の自転車がなくなってそのときにあの人に声をかけられたけど、それだけだから」

トワは必死に言い訳をした。しかし頭に血が上っているリリトの耳にはなにも届いていないらしく、聞く耳を持ってくれようとはしなかった。

リリト、とトワが呼びかけるが、彼はそっぽを向いてしまう。

ふと彼の首につけられているのがいつもとは違うチョーカーだったことに気づく。いつもつけていたリリトのチョーカーはトワがプレゼントしたものだった。気に入ってくれていて、「つがいができるまではこれをはずさないよ」と言ってくれたのだ。

しかし今彼がつけているのは、トワがプレゼントしたものではない。豪華な宝石がついているもので、きっとヴェルナーが彼に贈ったのだとトワは思った。

「言い訳なんか聞きたくない」

「リリト……！」

「トワはずるいんだよ。なにも知らないって顔しておいて、実はトワだってヴェルナー様を狙ってたんだろ」

「違う、違うよ、リリト。俺は本当に配達に行っただけ」

「もういい！　トワとはもう絶交する。トワなんか大嫌いだ」

興奮しきったリリトはトワを一方的にあしざまに言うと、ふん、と顔を背けて立ち去ってしまった。

トワはがっくりと肩を落としてなにもできないまま、その場に立ち尽くす。

大好きな親友に大嫌いと言われ、トワはどうしようもなく胸が痛む。しかもまるで心当たりのない、ただのリリトの誤解なのに。

「どうして……リリト……」

ずっと仲よしだったのに。

なんでも相談して、なんでも話すことができて、大好きな、かけがえのない友達。

赤ちゃんの頃から……トワが教会に捨てられて孤児院に引き取られてから、いつでもどこでも一緒だったリリト。この友情はずっと続くと思っていたのに、深く大きな亀裂が入ってしまった。

　今日のことだって、ヴェルナーが勝手にトワを口説いてきただけで、トワは彼のことをどうとも思っていない。それどころか、リリトのことをつがいにすると言っているくせに、トワにこなをかけてくるような素振りを見せる彼を軽蔑すらしてしまう。

「どうしよう……」

　トワは絶望に打ちひしがれた。

　しょんぼりしているところに、再びカランとドアベルが鳴った。

　もしかしたらリリトが戻ってきてくれたのかもしれない、とトワは思わず「リリト！」と大きな声で呼びながら、ドアへ足を向ける。が、ドアを開けて入ってきたのはリリトではなかった。

「よお」

　顔を見せたのはヤクモで、トワはひどくがっかりする。

「な、なんだよ、その顔」

「だって……」

　はあ、と落胆するように盛大な溜息をつく。

「なんだよ、おまえら。そこでリリトに会ったけど、ガン無視決め込まれるしさ。つか、あいつどうかしたのか？　なんかおかしかったぞ」

ヤクモは外へ目をやって、顔をしかめた。

「……リリトに絶交って言われた」

「は？　なんで。おまえら双子みたいに仲よかったのに」

「……どうしたら、仲直りできるんだろ」

事情を知らないヤクモはただ首を捻っているだけだ。

大嫌い、と冷たい目で睨みつけられながらリリトに言われた言葉は、トワの心をぐっさりと貫いていた。


「誤解なんだろう？」

ヒュウゴがトワの顔を覗き込んでいる。

トワとリリトの様子がおかしいことを心配したヤクモが、仕事が終わったトワを無理やりヒュウゴのところへ連れていった。

本当はヒュウゴとも顔を合わせたくはなくて、ヤクモには行きたくないと言ったのだが、強引に引っ張られたのだ。とはいえ、リリトの誤解を解きたいから、ヒュウゴのところに行くしかなかったのだが。

　トワひとりでは、なにもいい知恵は浮かばない。

　ヤクモも「ひとりで考え込むなって」と言ったし、ヒュウゴのところを訪れてもヒュウゴは一昨日のことをどうとも思っていないのか、いつもどおりだったからトワの胸は痛んだものの、話を聞いてもらうことにしたのだった。

「うん。俺は本当にただパンを配達しただけで、帰ろうと思ったら自転車がなくなってたからお屋敷のひとに聞いただけ。そしたらヴェルナーさんがたまたまやってきて……」

　あの口説き文句のようなセリフのことは言おうか言うまいか迷ったが、結局正直に言った。それを聞いたヒュウゴの耳がピクリと震えたような気がしたが、それはきっと気のせいだ。

「なんだよー。なにそれー。リリトそんなヤツに騙されちゃってるわけ」

　ヤクモがテーブルの上に突っ伏している。声が今にも泣きそうになっていた。

「騙されているかどうかはわかんないけど、でも、リリトはヴェルナーさんにつがいにしてもらう約束をしたって言ってたし……。ヴェルナーさんはアルファだし。でも、そのくせ俺にも思わせぶりなことを言ってくるし、そしたらリリトがすごい剣幕で怒鳴り込んできて、俺もうどうしていいのか」

「アルファで貴族で、ってもうそれ俺の出る幕ないじゃん。リリト、つがいになっちゃうのかなあ、そんなやつと。やっぱ、アルファじゃないとだめなのかよ。俺はどう逆立ちしたってアルファにはなれねえけどさあ、でもリリトのこと本気だったのに」

あー、とヤクモが悲しそうな声を上げた。

ヤクモはリリトのことを本当に好きだったらしい。いつも軽口交じりに口説いていたが、あれは本気だったのだとトワは彼に同情した。

「でも、リリトはヴェルナーさんにぞっこんなんだよ。あんなリリト見たことがない。いつもそりゃあ恋人に夢中になっちゃうけど、今日のリリトは本当にどうかしてると思うくらい、ピリピリしていて手がつけられなかったもの。あんなふうに言われたのもはじめてだったし」

言いながら、トワはそうだ、と今日のリリトの様子があまりにおかしいと不思議に思っていた。いくら腹を立てていたとはいえ、あれは少し常軌を逸しているように思える。

ヤクモとトワが、あーだこーだと言っている間、ヒュウゴは腕組みをして俯(うつむ)きながらにか他のことを考えている様子だった。

「ヒュウゴどうかしたのか？」

ヤクモがじっと考え込んでいるヒュウゴに声をかける。

「いや、リリトは他になにか変わったことはなかったか」

聞かれて、トワは不意にリリトのチョーカーのことを思い出した。

「リリト……のチョーカーがね……いつもと違ってたから。どんなに大事なひとからすてきなものをもらっても、俺のあげたのを使ってくれるって言ってたのに……。きっと俺のこと嫌いになったから俺からのなんてつけていられなくなったんだろうな」

「…………」

ヒュウゴはまたしてもなにか考えるような素振りを見せる。だがすぐにトワの頭にポンと手を置くと、くしゃりと髪の毛をかき回す。

「リリトはきっと少し気が立ってるだけだ。話せばわかるよ。おまえたちはずっと仲がよかったじゃないか。そんなことくらいで友情は壊れやしないさ」

「うん……だといいな」

「明日にでもリリトのところに行ってみろ」

「そうする」

「いい子だ」

ヒュウゴに頭を撫でられて、トワは少し泣きたくなるような気持ちになった。

もし、ここにトワではない別のひとが現れて、それがヒュウゴの恋人だったら、きっとトワもリリトのようにそのひとを激しく罵ってしまうかもしれない。

ヒュウゴがトワに振り向いてくれないからこそ、ヒュウゴにではなく相手のほうをひどく言ってしまうだろう。トワには自信がないから。

ひょっとして、リリトも同じなのかも、とトワはふと考えた。ヴェルナーがリリトひとりだけに目を向けてくれないから、リリトは好かれている自信をなくしているのかもしれない。だとしたら、リリトが可哀想だ。

だからリリトがトワへひどい言葉を投げつけたことを、けっして責める気持ちにはなれなかったし、リリトがトワを許してくれなくても自分はリリトのことが好きなのだからそれでいい、とトワは思った。

「そうだ、ヒュウゴ」

そういえばあのヒートになった日からトワはヒュウゴと顔を合わせていなかった、と思い出す。

「なんだ？」

「この前のお礼言ってなかったなって」

「お礼？」

「薬……それからいろいろありがとう。いっぱい迷惑かけちゃってごめんね」

「いや。おまえのヒートがましになってよかった。具合はなんでもないか？　特効薬は副作用が強いと聞いたが」

「特効薬の副作用は特にないよ。すごく眠かっただけで。それからもらったあの高い薬のおかげで、昨日は少し出てたみたいだけど、今日はもうフェロモンは出ていないみたい。あんな高い薬、俺には手が出ないから助かった。でも効き目はよかったから、今度からちゃんと用意しておかないとね。給料が出たらちゃんと代金返すよ」

「あれは知り合いから安く譲ってもらったもんだ。金はいい。おまえを飛行機に乗せてやるって言っていたのに、結局約束破っちまった詫びみたいなもんだ」

飛行機、と聞いて、飛行機に乗せてもらう約束をしたのがずっと前のように思えていた。あれからたくさんいろんなことがありすぎて、そんな約束をしていたこともすっかり忘れてしまっている。

そういえば、不審者のことも今ではどこかに行ってしまって、ヒュウゴからもらったテーザーガンもいつの間にか持ち歩かなくなってしまった。今はリリトのことだけで頭がいっぱいだった。

「……また、飛行機乗せてくれる？」

ヒュウゴに聞くと彼は笑って「もちろんだ」と答える。

「じゃあ、もう遅いから帰るね。――明日、リリトのところに行ってみる。ヤクモもありがとう」

　トワが立ち上がって、玄関へ向かう。

「送っていくよ」

　ヒュウゴも一緒に立ち上がる。

　いいよ、とトワは断ったが、「送ってもらえって」とヤクモがウインクしながらひらひらと手を振る。

「すぐそこなのに」

「薬を飲んでるとはいえ、まだヒートが残ってんだろうが。油断は禁物だぞ。俺のような鼻が悪いやつならともかく、鼻がいいやつでも歩いてたらことだ」

「うん……ありがとう」

　一緒に玄関を出て、目と鼻の先にあるトワの家へとふたりで向かう。

「あのさ、ヒュウゴ、ヴェルナーさんと知り合いなの？」

　昨日、ヴェルナーが懐かしがっていた、とトワはヒュウゴに言う。演説を聞きに行ったときにも知り合いだなんてひと言も言ってはいなかったから、少し責めるような口調になった。

「まあ……そうだな。古い知り合いだ」

「そうなんだ。そんなのひと言も言ってなかったから、俺、ヴェルナーさんからその話を聞いてびっくりした」

「昔の話だ。まさかまだ俺のことを覚えてたなんて思わなかったんでな。——トワ」

ヒュウゴはなにか考えた末に、トワへ呼びかけた。

「なに？」

「ヴェルナーには近づかないほうがいい。屋敷にももう行くな」

彼には珍しくきつい口ぶりだった。顔を上げると、彼の金色の目が鈍く曇っている。

「ヴェルナーさんは苦手だし、あんまり会いたくないけど、でも配達は仕方がないよ……。ピピガのパンを気に入っているって言うから、注文されたらまた配達に行かなくちゃ」

「ピピガには俺から話をしておく。とにかくやめろ」

「そんなこと言っても。俺だって仕事なんだもの」

「いいから。おまえはあいつにもう会うな」

強引な口調にトワは面食らう。あいつ、というのはヴェルナーのことなのだろう。なぜいきなりこうまで頑(かたく)なに会うなと言うのかがわからない。古い知り合い、というのが関係あるのだろうか。

「どうしたの。いきなり。ヒュウゴらしくない」

そう言うと、彼はくっ、と口元を引き締めた。

「あいつにはいい噂がない。それに、今回のあいつが指揮をとっている研究所の建設についても強引すぎてな。きっとなにか裏にあると俺は思っている。だから——あぶない目に遭いたくなかったら、絶対寄りつかいちゃいけない」

険しい顔をするヒュウゴにトワは気圧される。

いつもはトワに向かってここまで厳しい目をすることはない。あまりの迫力にトワは震え上がり、はじめてヒュウゴを怖いと感じた。きっと軍にいたときの彼はこういう目をしていたのだろう。

「わ……わかったよ」

どこか怯えが含まれたトワの声に、ヒュウゴははっとする。こわばりをほどいて、いつものやさしい彼の顔に戻った。

「悪かった。……今日はゆっくり休め」

ポン、とトワの頭に置かれた彼の手はとてもやさしかった。

トワの家まで送り届けてくれた後、背を向けて来た道を戻る彼を見ながら、トワは自分の知らないところでなにが起こっているのかと不安になる。もやもやとした得体の知れない嫌な予感を覚えながら、家のドアをぱたりと閉めた。

あまり寝つけず、眠りが浅かったせいか、嫌な夢を見てしまった。

リリトがさらわれて、どこか知らないところへ行ってしまった夢だ。うなされてベッドから飛び起きると、トワは寝汗をびっしょりとかいていた。

「リリト……」

トワは根拠のない不安に陥る。なぜこんな夢を見たのかわからないが、とにかくにもリリトのことが気になって仕方がなくなった。

あれだけトワに寄り添ってくれたリリトが豹変したのが信じられない。トワがはじめてもらった給料でプレゼントしたチョーカーをはずされていたのもショックだった。

家族のように、いや、家族以上に家族だと思っていたから、昨日のリリトの態度はトワをひどく打ちのめしている。

「ちゃんと誤解解かなくちゃ」

誤解されたまま、嫌われるのは嫌だ。

トワはすぐさま支度をすると、家を飛び出した。

まだ朝は早いが、この時間ならリリトは家にいるだろうか。

彼の家は、少し離れたところにある長屋だ。勤めていたカフェにも近く、なんといっても家賃が格安だが、リリトはここを嫌っていた。

だからトワにもあまり来て欲しくないらしく、いつもリリトのほうがトワの家を訪れることが多い。

いつかはそこを出て、アルファとつがいになって贅沢な暮らしをしたい、というのがリリトの口癖である。その願いが叶おうとしているのだから、やはりトワがヴェルナーに口説かれそうになっていたのは腹立たしかっただろう。

（違うよ、リリト）

トワはリリトにそれは違うと、単なる誤解で、トワはヴェルナーのことなんかなんとも思っていないということをきちんと伝えたい。

走ってトワはリリトの家へ向かう。一秒でも早くリリトの顔を見て話がしたかった。

「リリト、リリトいる？」

リリトの家のドアをノックしながらトワは声をかける。が、中からはなんの返事も返ってこない。

「リリト？」

何度も声をかけるが、まったく反応がなかった。

昨日の今日だ。きっと憂さ晴らしにどこかをほっつき歩いているのだろう。トワは出直すことにした。その日の夕方にも訪ねたがやはり留守にしているらしい。

次の日も、その次の日も同じだった。

さすがに三日目ともなるとリリトの留守が不自然に思えてきた。どうしようと、トワはリリトの家の前をうろうろする。ただの留守ではなさそうだと、直感が訴える。

もう一度出直すべきかどうしようかと悩んでいると、隣の家のドアが開く。

「あ、ごめんなさい。朝からうるさくしてしまって」

顔を出したリリトの家の隣人にトワは謝った。

「ああ、あんたリリトの友達だね。リリト、ここんとこずっと帰ってないよ」

気にしないでと笑い、ふわあ、とあくびをしたそのひとは、郵便受けから新聞を取り出しながら言った。

「ずっと?」

「そうだねえ。少なくとも一週間は戻ってきてないと思うけどねえ」

一週間も、とトワは驚いた。

だったらやはりリリトはヴェルナーの屋敷にいるのだろうか。ヴェルナーの屋敷には行くなとヒュウゴから釘を刺されている。とりあえずトワはヴェルナーの屋敷に行く前に他の心当たりを当たることにした。

トワはコルヌ中を歩き回ってリリトが立ち寄りそうなところをすべて訪ねる。だが、やはり彼はどこにも顔を出していなかった。

いよいよヴェルナーのところでリリトの行方を訊ねることになりそうである。

ヒュウゴに言えばきっと止められる。

（少しだけ……リリトに会うだけだから）

ヴェルナーと顔を合わせなければそれでいい話だ。訪ねて、リリトを呼び出してもらえばいい。どうせはじめに出てくるのは執事や使用人で、ヴェルナー本人が出てくることはないのだから。

トワはリリトを探し回った足で、そのままヴェルナーの屋敷へ向かった。

しかし――。

「嘘……」

訪ねたが、リリトどころかヴェルナーも屋敷にはいなかった。なんでも昨夜のうちにヴェルナーはアーラへ戻ったということだった。だがリリトのことは知らないと言われる。

ヴェルナーはリリトを連れていってはいないらしい。屋敷には留守を預かる使用人たちが残っているだけで、彼はコルヌから去っていた。

けれど、リリトの姿はコルヌにはない。

とぼとぼとトワは重い足を引きずって、帰り道を歩く。

(夢とおんなじ……)

今朝見た夢と同じだ。ただ、リリトは連れ去られたのではなく、自分の意志でいなくなったのかもしれないが。けれど、たいして変わりはない。

(リリト、アーラに行っちゃったのかな)

もしかしたらヴェルナーを追って、彼もアーラに行ってしまったのかもしれない。

彼があれほど憧れていたアーラでの生活を手にするのだとしたら、トワとしては喜ぶべきことなのだろうけれど、なにも言わずにトワから去っていったのが悲しい。

(ヴェルナーさんはリリトのこと捨てたってこと……?)

ヴェルナーがリリトをアーラへ連れていかなかったのだとしたら、リリトはきっと悲しんでいるはずだ。つがいにしてもらえると喜んでいたのに。

(ひどい……!)

つがいにすると言っておいて、結局ヴェルナーはリリトを捨てた。それが本当だとしたら彼はリリトを騙したことになる。あんなふうにリリトを抱いておいて、いざアーラに帰るとなると、リリトを連れてもいかないなんて。

ヒュウゴがヴェルナーについていい顔をしていなかったのは、こういうことなのか。

途中、がらくた屋でトワはあるものを見つけ、目を丸くした。

「俺の自転車！」

あの日、なくなったトワの自転車だ。それがなぜこんなところにあるのか。

トワはがらくた屋の主人にこの自転車がなぜここにあるのか訊ねた。

「や、ヴェルナー様のところから処分してくれと言われたんだけどさ、まだ十分使えるしもったいねえなと」

だから売ることにしたのだ、と主人はそう言った。

ヴェルナーがこれを持ち込んだということは、この自転車はあのときあの屋敷にあったということになる。盗まれたわけではなく、わざと隠しておいたのか。どうしてそういうことをしたのかトワには意図が摑めなかったが、ひどく憤りを覚える。

（しらばっくれたくせに……！）

だとしたら、リリトのことだって嘘をつかれている可能性がある。あんなことを言っていたが、本当はリリトをアーラに連れていったのではないか。

（それに、あまりにも急だし）

不自然とも思える急な出立にも首を傾げる。

わけがわからない、とトワは首をぶんぶんと振った。

家に戻ってきても不可解なことばかりで、もやもやしっぱなしだった。だが考えてもリリトがいなくなってしまったことには変わりない。

がっくりと肩を落としていると、コンコン、とトワの家のドアを叩く者がいる。

「リリト……っ!?」

トワが慌ててドアを開けると、そこにはヒュウゴがいた。

「…………」

リリトかと思ったが違っていて、トワは俯いた。

「……リリト、いなかったのか？」

ヒュウゴの言葉にトワは頷く。彼の手には果物が入ったかごがある。トワの大好きなさくらんぼがたくさん入っていた。

「リリト、家に一週間帰ってないんだって」

「そうか。ふたりで食べたらいいと思って持ってきたんだが、無駄になっちまったな。そんなにしょげるな。きっとすぐに戻ってくるさ」

ヒュウゴが慰めるが、トワは首を横に振った。

「探したんだ。コルヌ中全部探したんだけど、リリト、いなかった。だから……ヒュウゴにだめって言われたけど、ヴェルナーさんのお屋敷に行ってみた」

「トワ――」

ヒュウゴがトワになにか言おうとするのを「けど！」と遮る。

「ヴェルナーさんはアーラに帰ってしまって……リリトのことは知らないって。リリトは一緒に連れていってもらえなかったみたい。リリト、つがいにしてもらえるって喜んでたのに……。リリトいなくなっちゃった。どこにもいないんだよ、ヒュウゴ」

「…………」

ヒュウゴはリリトがいなくなってしまったのが意外とばかりに、黙りこくってしまった。

そこにたたみかけるようにトワは続ける。

「俺、アーラに行く。絶対リリトはアーラにいると思う」

トワはヒュウゴに今日あったことをすべて話した。自転車のことも、なにもかも。だからよけいにリリトがヴェルナーと一緒にいるような気がする、とヒュウゴに訴えた。

「だめだ。やみくもにアーラに行ってどうする。ヴェルナーを訪ねても、おまえが今日あの屋敷で追い返されたように、簡単に追い返されるだけだぞ」

「でも！　リリトが俺になにも言わずにいなくなるなんて……！」

この間、リリトはトワに絶交とは言ったが、二度と会わないとは言わなかった。リリトの性格上、ここを離れるならトワにひと言くらいなにか残すはず。それは長年一緒にいたトワだけがわかることだった。

「わかったから。近いうちに俺が調べてくるから、とにかくトワはおとなしくしてろ。いいな」

「近いうち、っていつ！　早く調べて！」

「できるだけ早く調べるから、アーラには行くな。おまえには無理だ」

ヒュウゴに強く止められ、仕方がなくトワはしぶしぶ引き下がった。ここでヒュウゴとやり合っても埒が明かない。言い合いをするだけ無駄である。

「……わかった。ヒュウゴの言うとおりにする」

トワの返答にヒュウゴは「わかってくれてよかった」と安心したような顔になった。ヒュウゴを見送りながら、しかし内心ではまだ諦めることはしていなかった。

「え……っと。お金は、鞄の中とそれから靴の中。あとは……」

トワはヒュウゴが帰った後、一生懸命荷造りをはじめた。ヒュウゴに諭されて、表向きは諦めた振りをしたが、やっぱりリリトのことが心配だ。

すぐにアーラ行きの定期船に乗ろうとしたが、夜の便は意外と目立つ。特に定期船乗り場は繁華街を通り抜けていかなければならないから、人目につきやすいのだ。だったらそれよりは、明日の朝一番の定期船で行ったほうがいいだろう。それに夜の定期船に乗っても向こうに着くのは真夜中だ。夜中に宿を探すのは骨なので、やっぱり朝のほうがいい。

トワは、ヒュウゴとピピガに宛てて手紙を書く。

文面は簡単だ。「リリトを探してきます。心配しないでください」それだけ。これを明日の朝、出かける前に郵便受けに入れていく。

とはいえ、ひとりでアーラへ向かうのははじめてだから、緊張はする。以前に行ったときのことを必死で思い出しながら、勇気を奮い起こした。

早起きしなければならないため、今日は早く寝る。

早々にベッドの中に入って目を瞑った。

気合いを入れたせいか、朝一番の定期船には余裕で間に合った上、乗船客はトワだけというまるで神様が味方してくれたような状況で、ほっと胸を撫で下ろす。

もしヒュウゴや他のひとたちに見つかってしまえば、アーラへは行けない。しかし、なんなく船に乗ることができた。あとは着くまでじっとしていればいい。

幸い天気も多少曇ってはいたが、それほど悪くはない。これなら時間どおりにアーラに着くはずだ。

トワは甲板に出ると、コルヌの町並みが遠ざかっていくのをじっと見つめる。

（ごめんね、ヒュウゴ……嘘ついて）

結果的にヒュウゴを騙したようなことになったのは、心が痛んだが、けれどこうでもしないとリリトに会えない。ヒュウゴの言うとおり、追い返されたりしらを切られたりしそうだが、可能性が僅(わず)かでもあるなら、それに賭(か)けてみたいのだ。

今日の湖はどんよりとした空の色を映して、やはり鈍い鉛色をしている。その色はどこかトワの心の後ろめたさを反映しているように思えて、ちょっぴり気が重い。

（でも、行かなくちゃ）

気持ちを奮い立たせて、必ずリリトを見つけ出す、そうトワは決心した。

数時間後、アーラの港に着くと早速トワは意気込んで歩きはじめる。港でアーラの地図は手に入れ、以前リリトに教えてもらったヴェルナーの屋敷への道のりを確認する。

「前にも来たから大丈夫」

すう、と大きく息を吸い込んで、トワは目的地に向かった。

いさんで前に進みはじめたのはいいが、ひとの多さやコルヌとはまるで違う景色にトワは早速気後れしていた。

ここは緑の匂いがしない。風に乗って流れてくるのは人工的なものの匂いだけで、トワの大好きな空気ではなくて気持ちが沈む。香水のずっと続く華やかな香りもいいけれど、トワは花の香りのほうが好きだし、そびえ立つどれも似たり寄ったりの形をした大きな建物より、美しい形の山のほうが好きだ。

道行くひとびとは素っ気なくて、トワが道を訊ねたり、トラムの乗り方を訊ねたりしてもろくに返事をよこさない。

唯一返ってきた適当な返事を信じて、そのとおりに向かったが、そこはいかがわしい界隈で、揶揄われたのだとそこで知る。とうとうトワは道に迷ってしまった。

雑然とした、落書きだらけの古い建物が、ぎゅうぎゅうとひしめき合って並んでいる。饐えた匂いと安いおしろいの匂いが混ざったような、なんともいえない匂いにトワは顔をしかめながら、どうにかこの界隈から抜け出そうと早足で歩く。

「よお、にいちゃん」

ヒュウ、と口笛を吹く下卑た笑みを浮かべたハイエナに呼び止められ、トワは身震いする。ハイエナなんてはじめて出くわした。どういう男かわからず、トワは逃げようとしたが、腕をしっかりと掴まれていて逃げ出せなかった。

「へえ……ちょっと田舎くせえけど、上玉じゃねえか。おまえさんオメガだろ」

クン、と彼は鼻を動かすと舌なめずりをする。

「あんただったら、すぐに売れっ子になって稼げるぜ。どうせこんなとこいるくらいなんだ。そういう仕事探してんだろ」

そういう仕事、というのが、いかがわしいことをするような仕事であるのは、いくら疎いトワにもわかった。自分は騙されてここに来ただけだ、と言っても、きっと簡単にはこの手を放さないだろう。どうしよう、と思い出したのは、いざというときにと隠し持っているあるものの存在。

(こんなの使うことはないって思ったけど……)

幸い、利き手ではない腕を掴まれている。トワはとっさに空いた手で胸元を探ると、それを取り出した。それは以前ヒュウゴにもらったテーザーガン。そしてすぐさまヒュウゴに教えてもらったとおりに引き金を引いた。

「うわっ！」

ハイエナは苦悶(くもん)の表情を浮かべる。そして彼の体は銃の衝撃で動けなくなってうずくまり、トワを掴んだ手もほどかれた。

「ごめんなさい！」

トワは隙を突いてハイエナから体を離すと、一目散に駆け出す。銃の効果はかなりあったらしく、トワが一瞬振り返ったときにはまだハイエナはうずくまっていた。が、命には別状はないようだった。

(助かった……。ありがとう、ヒュウゴ。持ってきてよかった)

ヒュウゴが守ってくれた。トワは感謝する。これがなかったら、と思うとぞっとした。

息を切らせて必死で走り、なんとかその歓楽街は出ることができた。しかし、なにも考えず方向もめちゃくちゃに走ったせいで、今自分がどこにいるのかさえわからずトワは途方に暮れる。

(もう帰ろうかな……)

いったい自分はなにをしているのだろうと、トワは心が折れそうになった。しゅんとしながら、のろのろと歩く。ようやく落ち着いてあたりを見回すと、通りの名前を書いた看板が目に入った。

「あ、これって」

トワはまじまじと看板を見る。

そこには地図の上で見たことのある名前が書いてあり、この通りをまっすぐ行けばヴェルナーの屋敷にたどり着くことに気づく。

「よ……かったあ……」

へなへなと座り込みたくなる気持ちをこらえ、トワはしゃんと背筋を伸ばす。

距離はかなりあったものの、めげずに歩き続ける。一時間近く歩きようやく大きな屋敷にたどり着いた。

門から屋敷の正面玄関までもそれは長い道のりで、歩きながらトワは改めてヴェルナーという男がかなり裕福な暮らしをしているのだと実感した。というのも、庭もなにもかも、きちんと手入れがされているからだ。それに――。

正面玄関への階段を上りきり、トワは大きな扉の前に立つ。重厚な扉につけられているピカピカに磨かれたドアノッカーの細工はとても見事で、それだけで十分美術品のようだった。

トワはごくりと生唾を飲み、意を決してノッカーに触れる。

コンコン、とノッカーを叩くと少し間があって、使用人が姿を現した。そうしてじろじろとトワの身なりを見て、あからさまに眉をひそめる。

「物売りなら裏へ回りなさい。通用口から」

冷たく言われ、扉を閉められそうになったが、トワは「違います！　ヴェルナー様に用があって」と大きな声で叫んだ。

「おまえが？」

さらに上から下まで怪訝そうな目でじっと観察され首を捻られる。

「リリト！　リリトという者がここにいるはずなんです……！　お願いです。ヴェルナー様に会わせてください」

「そんな者はいない。さっさとお帰り」

ふん、と鼻を鳴らし、一瞥（いちべつ）される。

「お願いします！　だったらヴェルナー様と話をさせて。トワっていいます。コルヌから来たんです」

トワはひたすらに懇願した。しかしまるで相手にされず扉を閉められる。

バタン、と容赦なく閉まる重い扉の前にトワは唇を噛んだ。けれど、ここで諦めたくもない。拳（こぶし）を作って、扉を叩く。

「お願いします！」

再び扉が開いたときには、使用人の手に水差しが握られている。たっぷりの水が入ったそれをトワにばしゃりとかけてきた。

「さっさと帰れ！」

濡（ぬ）れ鼠（ねずみ）になったトワはしかし使用人に摑みかかった。どうしても引き下がるわけにはいかない。ヴェルナーに一目会えればいいのだ。

「お願いします！　お願いですから」

トワが何度目かに叫んだとき、扉越しにヴェルナーの姿がちらりと視界の隅を横切った。

彼はエントランス正面の階段を歩いていた。

「ヴェルナー様！　リリトは……！　リリトはどこにいますか……っ！」

大声でトワが叫ぶと、ヴェルナーがトワのほうへ振り向いた。片眉を上げてゆっくりとこちらへやってくる。

「おやおや、これは。ようこそ、トワくん。……来てくれると思っていたよ」

極上の笑みを浮かべたヴェルナーがトワに手を差し伸べた。


「随分と濡れてしまったね」

くすくすとヴェルナーが笑う。トワは誰のせいだ、と睨むような視線を送ってみたが、ヴェルナーはどこ吹く風だ。

「きみは私が思っていたよりも鋭かったようだ。三日でここまでやってくるなんてね。ひとりで来たのかな？」

ヴェルナーはゆっくりと視線を動かし、あたりを観察する。

「ふむ……意外と勇気と行動力もあるようだ。てっきりヒュウゴに泣きつくのかと思ったんだが……プランの変更をしておこう。まあ、こちらとしてはそっちのほうが都合がいい」

どうぞ、と彼はトワを屋敷の中に引き入れた。

そうして水で濡れたトワを着替えさせた。濡らしたのはヴェルナーの使用人だからということで着られる服を用意してくれたのだが、トワが今まで着たことのない、上等のもので、いささか落ち着かない。

「きみの想像どおり、リリトはここにいるよ。どうしても私と一緒にアーラに行くと聞かなくてね。——きみと彼は同じ孤児院で育ったんだって？　ふたりとも教会で捨てられたということだけど本当？」

「……はい」

「そう」

ヴェルナーは満足そうに微笑(ほほえ)んだ。その笑顔を見て、トワの背に嫌な汗が滲む。どうしてか、嫌な予感しかしなかった。そう、リリトの悪夢を見たときのような気持ち悪さ。

「きみはリリトに会いたがっているようだけど、リリトのほうはどうかな。きみに会いたいと本当に思っているだろうか」

こっちだよ、とヴェルナーはトワを案内し、階段を上っていく。

「どういうことですか」

トワが睨みつけると、ヴェルナーは面白そうにふふ、と笑った。

「どうしても私と一緒にいたいらしくてね、私の仕事の手伝いをしてくれているんだが」

言いながら、ヴェルナーがトワを連れていったのは屋敷の最上階にある、一番奥まった部屋。長い廊下の奥に大きな扉があって、そこへ向かう。

その部屋の扉の前に立つと、なにやら呻き声のような声が聞こえる。その声を聞いて、トワは目を丸くし体を硬くした。

「どうしたの。リリトにはオメガにしかできない仕事をしてもらっているんだよ」

ヴェルナーはそっと扉を開ける。扉を開けたとたん、悩ましい声と姿がトワの耳と目へ飛び込んできた。

「リリ……ッ」

声にならない声をトワは上げる。

そこでは淫らな饗宴が繰り広げられていた。何人ものきれいな青年たちが、たくさんの男たちを相手にしている。それぞれに入れ替わり立ち替わり相手を替え、体を絡みつかせ、艶めかしく声を上げていたのだ。

そこに――リリトもいた。

リリトはぼんやりとした顔をして、複数の男たちに犯されている。

リリトは両脚を開いた格好で男に背後から抱えられて後ろに男のものを受け入れていた。その男の手は、片方の乳首をきりきりと捻っている。後ろの男がリリトを激しく突き上げるたび、リリトは腰をくねらせる。リリトのペニスは紐のようなもので縛められ、そのせいか、先っぽからはだらだらといやらしい蜜をこぼしながら、はち切れそうに充血しきっていた。

そしてもうひとりの男はもう片方の乳首にしゃぶりついている。さらにまたひとり、その男はリリトの口の中に性器を突っ込んで口を犯していた。リリトは脚を戦慄かせ、男たちを受け入れている。

リリトの口を犯していた男はペニスを引き抜くと、リリトの脚をさらに抱え上げる。リリトは既にひとり受け入れているのに、さらに彼はそこに自分のペニスを突き入れた。

「ヒッ……！　いやぁぁ……あっ、ああああっ！」

ふたりのものを受け入れたリリトは悲鳴を上げる。

「まったく恥ずかしい体だ……ずぶずぶ入りやがる。オメガってやつは、本当に淫乱だな。

ほら、もっとしてください、だろ？」

ちゃんとお願いするんだよ、と男たちにリリトは体を撫で回される。

「も、もっと、してくださっ……お願い、してくださっ……」

リリトはうわごとのように男たちに懇願している。まるで催眠術でもかけられているように、焦点の合わない虚ろな目をし、ろれつの回らない口で。

トワはその様子を見ながらガクガクと震える。

あたりを見回すと、他の青年もリリトと同じように犯されていた。

「や……な、ん……で……っ、ここは……なに……」

ふるふると頭を振って、トワは奥歯をカタカタと鳴らす。

リリトはなにをしているのだ。ここはなんなのだ。ヴェルナーはなぜリリトにこんなことをさせている。

「リリトッ！」

トワはリリトのところへ駆け寄ろうとした。が、ヴェルナーに腕を摑まれ、それ以上一歩も進むことができない。

「放してっ！」

「いけない子だね。彼の仕事の邪魔をしないでくれないか」

「仕事って！　あれが⁉　仕事⁉」

激高したトワがヴェルナーに摑みかかるが、彼は平然としてこう言った。

「言っただろう？　彼には私の仕事を手伝ってもらっていると。これも仕事の一環でね。世の中には発情期のオメガを好む方がいて、まあ、要は接待ということだ。ほら、見てごらん。今リリトのペニスにしゃぶりついたのは、政府の高官でね、すっかりリリトがお気に入りになっているんだ。おかげで私も仕事がしやすい」

ふふ、とヴェルナーは楽しげに笑っている。

「わ……らうな。……リリトを……リリトを返して……っ。リリトはあなたのことが好きで、ここまで来たんだろ。なんでこんなひどいこと……っ。あんなこと絶対リリトは自分からしない。あなたリリトになにをやったの……っ」

トワは憤ったあまり、ぼろぼろと涙をこぼした。

許せない。リリトを、トワの大事な親友をおもちゃのように扱うヴェルナーが許せなかった。

「おやおや。そんなに怒ることはないだろう？　彼は自ら私の仕事の手伝いがしたいって言ったのに。だからちょっと新しい機械の実験台にもなってもらっているんだよ。彼の首につけている首輪には薬と特殊な針が仕込んであって、こちらの手元にあるスイッチで切り替えれば何種類かの薬を別々に体内に入れることができるんだよ。今は、ちょっと夢見心地になる薬とヒートを誘発する薬を彼に与えている。……ああ、でも私も鬼ではないからね。避妊薬はしっかり飲ませているよ。彼にはもっと接待してもらいたいひとがたくさんいるからね。なんといってもこういうことはオメガにしかできないことだ。それにあの子はとても美人だろう？　だから皆さん大喜びでね。本当にあの子は私の大事なパートナーだよ」

悪びれることもなく、ヴェルナーはごく当然とばかりに言い切った。

トワは怒りを露にして、ヴェルナーを睨みつける。

（薬なんかでリリトをいいようにして……！）

オメガをなんだと思っているのだ。夢見心地になる薬というのは幻覚剤かなにかだろうか。いくらアルファが優れているとはいえ、オメガがここまで踏みつけにされるいわれはない。

「ひどい……っ。あなたは俺たちオメガをなんだと思っているんですか……！　早くリリトを返して！」

トワが声を振り絞って言うと、ヴェルナーは涼しい顔でこう言った。

「それじゃあ、きみがリリトの代わりになる？　私は実は今、リリトよりきみに用があってね。リリトをここまで連れてきたのも、リリトを連れてくればいずれきみがここに訪ねてくるだろうと思ったからなんだよ」

ヴェルナーがトワの顎を取って、薄く笑う。企んだような笑みにトワはぞっとした。

「――はじめは、リリトが私の探している子かと思って声をかけたんだが、どうやら違っていてね。まあ、あれはあれで使い道があるから放っておいたんだが」

リリトのことをモノのようにしか思っていない口調に、トワは腹の中がぐちゃぐちゃにこねくり回されるような、不快感を覚える。彼にはできれば近寄りたくないと直感したのは正しかった。

――トワはさ、昔っから、悪いひとにはけっして近づかないだろ。

リリトに以前言われた言葉を思い出す。トワは後悔していた。ヴェルナーには近寄りたくない、と感じたことを自分はなぜリリトに言わなかったのか。リリトにそれを伝えていたら、もしかしたらリリトは彼に近寄らなかったのかもしれないのに。

自分で自分を殴りたいとトワはぎゅっと拳を作る。その拳は小刻みに震えていた。

拳を作ったその手を取られ、彼にぐいと引かれる。そのままトワは部屋の外に連れていかれた。部屋の外には執事がいて、彼は執事に「お茶を」と命じた。執事は慇懃に一礼し、なにも言わずにすぐさまその場を立ち去った。

「まったく紛らわしいことだ。同じ時期にコルヌの教会に捨てられた子がふたりもいたなんてね。とんだ手間をかけさせられた」

ヴェルナーはなにを言っているのか。トワには彼の言葉の意味がまるで理解できない。

「ヒュウゴの隣にきみがいたのを見たときにさっさと気づくべきだった。見過ごした私のミスだが……それでもまだ神は私を見捨ててはいなかったということだな」

相変わらず意味不明のことを言い続けているヴェルナーに、トワは怪訝な表情になった。

ヴェルナーはトワの顔を窺うように見ると、微かに唇の端を上げる。

「きみが私のものになれば、リリトはすぐに返してやろう。どうする？」

「あなたのものって……？」

やはりリリトと同じようにあいうことをしろと言うのか。トワは言葉なく黙りこくる。

「リリトのようにされると思っているのかな？　今のは言葉どおり。私のつがいにならないかと言っているんだが」

「そんなこと言って！　リリトにだってつがいにする、って嘘をついたくせに」

「そういうこともあったね。けれど、リリトはつがいにはふさわしくない体だった。私はきみの体が欲しいんだよ、トワ」

ずい、とヴェルナーはトワに近づいた。トワは近づく彼を避けようと後ずさりする。

（やだ……っ）

好きでもない男のつがいにさせられる。こんな卑劣な男のつがいなんて死んでも嫌だ。

トワは抵抗しようとしたが、さっき見たリリトの姿が脳裏を過る。

（リリト……俺がヴェルナーさんのものになればリリトは返してもらえる……）

兄弟みたいに育ってきたリリト。大好きな友達。

それに——どうせ自分は思う相手には思ってもらえない。ヒュウゴが振り向いてくれないなら、誰のつがいになっても同じことだ。それがたとえヴェルナーでも。

「あの……」

トワはヴェルナーに向き直った。もう彼から逃げることはしない。諦めてヴェルナーのものになろうとしたが、さっき彼がぶつぶつと呟いていた言葉がどういうことなのか知りたかった。

「なにかな？」

「わかりました……。あなたのものになります。でもひとつ聞かせてください。……どうして俺なんかを。どうしてリリトじゃだめだったんですか」

聞くと、ヴェルナーは満足そうに優雅な笑みを浮かべ、「こっちでゆっくり話そう」とトワの肩を抱き寄せる。そのままベッドのある寝室へエスコートした。

ベッドに腰かけさせられ、トワはヴェルナーに口づけられる。しかし、トワは唇をけっして開こうとはしなかった。ヴェルナーはクスクスと笑う。

「そんなに硬くならないで。ひどいことはしないよ。——ああ、そうそう。きみを選んだ理由ね。そうだね、本当のことをきみ自身も知っておいたほうがいいだろう。——きみの本当の故郷はルノルクス研究所……政府の最高機密機関だ」

「え……？」

「そしてきみの両親は……いない。なにしろ卵子も精子もすべて膨大なサンプルの中から抽出し、交配を重ねたオメガだからね」

「ど……ういうことですか」

「言ったとおりさ。きみは研究所で、人工交配によって生み出された、意図的なオメガだ。研究用の実験サンプルとしてね」

トワは言葉をなくす。両親すらわからず、人工的に生み出された実験体。暴露されたその事実はトワを打ちのめした。だがそんなトワにはかまわず、ヴェルナーは話を続ける。

トワはどこか上の空で、彼の話を聞き続けた。

当時、トワのような作られたオメガが何人もおり、本来ならその者たちはそのまま研究所で一生を終えるはずだったらしい。しかしやはり人工的に生命を作り出す——しかも意て、半ば反乱めいたことが起こったという。

図的に偏った特徴を持つ者を――ことへ懸念する研究者も存在し、その者たちの手によっ

トワたち作り出されたオメガは反乱側の研究者らが連れ出したが、国の機密事項を知られるとして命を狙われることになった。中にはその際に命を落とした者もあったらしい。

後にやはり倫理的に問題があるとして、研究は中止されることになった。そうして反乱側の研究者たちは擁護され、名誉を回復することになったものの、研究所にいたオメガの子たちの消息をすべて把握することはできなかった。

なぜなら連れ出されたオメガたちは、トワのように教会の前に捨てられたり、子どものいない家庭に引き取られたりもしたらしく、すべての子のその後の足取りを追うことは困難だったようだ。あるいは、残念ながら命を閉ざした子も……。

「実はオメガの子のひとりに、国の機密事項が隠されていたのさ。――それがきみ。きみの体にその秘密が隠されているってこと」

ヴェルナーが言うにはこうだった。連れ出されたオメガのひとりに、国を揺るがす重大な研究についての特殊な彫りものがされているらしい。

「そ、そんなの、俺の体のどこに……！」

「それはあとでゆっくり教えてあげるよ。きみの体のどこにあるのか」

舐めるような目つきで、ヴェルナーはトワの体を見る。トワはまるで裸でも見られているような羞恥心を覚え、思わず手で体を隠した。

「はじめはきみの存在を知らなかったからね」

ヴェルナーは長いことそのオメガを探していたが、なかなか見つからず、そうしてコルヌにそのオメガがいるということをようやく突き止めたということだった。

「だからてっきりリリトかと思ったのさ」

はじめ、リリトを見つけたときに生い立ちを聞いて、ヴェルナーはそのオメガがリリトだと思い込んだらしい。教会に捨てられた時期と、反乱のあった時期がまったく同じだったからだ。しかしリリトは違っていた。そのとき見かけたのがトワだった。しかもトワの隣にはヒュウゴがいて、探っていくうち、ヒュウゴはトワの世話を焼いていると聞いた。

「ヒュウゴが大事に守っているトワなら、きっとそのオメガだろうと思ってね。でなければ、あのヒュウゴがおまえをあそこまで大事にしないはずだから」

「ヒュウゴ……あなたはヒュウゴをよく知っているようだけど……俺はヒュウゴのことはコルヌに来てからのことしか知らない。ヒュウゴって何者なの？　あなたみたいな偉いひとがそんなに気にするようなひとなの？」

トワが聞くとヴェルナーの目に暗い光が宿った。そうしてとたんに顔が険しくなる。

「ふん……あいつはどこまで私を邪魔する気なのか」

忌々しい、と彼は吐き捨てるように呟いた。

「いいだろう。教えてあげるよ。ヒュウゴは……あいつは私とは大学の同期でね、よく知っている。あいつのせいで私はいつも一番になれなかった」

ぎり、と彼が奥歯を噛む音が聞こえる。彼は続けた。

「あの年で我が国の空軍の大佐にまでなったくらい優秀でね。実質空軍は彼が率いていたと言っても過言じゃない。どんな危険な任務もあいつは成功させていて、国王の覚えもめでたくて、いずれ政治の世界にもやってくると思っていたんだが……何年か前、突然退役し姿を消した。当然軍はパニックになっていたよ。そのヒュウゴとまさかあんなところで出くわすとはね。でもおかげで彼が失踪した理由もわかった」

ヴェルナーはにやりと笑う。

「きみだ。きみを守るためにあいつはコルヌなんてど田舎にいたってことだよ。なんてことだ。けれど――ようやくあいつを出し抜ける上、あいつが大事に守ってきたものも奪える機会がやってきたということだ。そろそろ運は私に向いてきたかな」

ははは、とヴェルナーは笑ったが、トワはショックに打ちのめされていた。

ヒュウゴが今までトワに親切だったのは、自分の体に隠された秘密のためだった。

トワ自身を可愛がってくれたわけではない。

トワの心の奥深くにしまってあった、大事な宝物がとたんに粉々に壊されたような気がした。

「トワ？　どうしたの。そういうことだよ。ヒュウゴはおまえのことなんかなんとも思ってないんだよ。私が代わりに大事にしてあげるから……トワ」

言いながら、ヴェルナーはショックで茫然としているトワをベッドに押し倒す。

「な……っ」

はっと我に返ったときにはヴェルナーに手足を押さえ込まれ、身動きが取れなくなる。

「やっ……やだ……っ」

「なにをいまさら。きみは私のものになると言っただろう？」

トワは唇を噛んで、顔を横に向けた。ヴェルナーはこわばるトワの体に覆いかぶさり、着ている服を引きちぎるようにはだけさせた。ズボンも剝ぎ取られ、生まれたままの姿になってしまう。

そうしてヴェルナーはなにかを取り出すと、素早くトワの首にそれをつけた。

「なに……っ」

首元でカチリと音がしてすぐ首筋にチクリとした痛みが走り、トワは首に手をやった。

――首輪。

それはリリトがつけていた、あの首輪のようだった。つけられてまもなく、なぜか体の奥が熱くなってくる。

「やだ……ッ！　外して……っ！」

だが、ヴェルナーは笑ったままトワの様子をじっと見ている。次第に全身にゾクゾクとした寒気のような感覚が走っていく。と、思うやいなやカーッと体全体が熱く火照りだした。さらに頭の中が朦朧としはじめる。

まるでヒートのときのような状態――いや、これはヒートだ。さっき彼がヒートを誘発する薬をリリトに与えていると言ったではないか。おそらくこれも同じもの――トワは戸惑った。まだ完全にヒートにはなっていないとはいえ、ゆるやかに体が変化する。

「ああっ」

なにしろ肌がシーツに当たっているだけで、そこが刺激となってしまう。体を揺らすたびにシーツが皮膚に触れ、その僅かな刺激も快感に変わった。

「いやあ……っ、これ、いや……っ」

トワは首輪をはずそうとするが、思うようにならない体では指先さえうまく動かない。体が熱くてそれどころではないのだ。

「さて……」

ヴェルナーはしげしげと身悶えるトワの体を見つめるが、いきなり眉をひそめて怪訝な顔になった。

「どういうことだ。……この子も違うというのか」

半ば意識が飛びはじめている中で、ヴェルナーの声が耳に届く。いらついた声。

「くそっ、ヒュウゴのやつ……。なぜこの子を……」

悪態をつくヴェルナーをトワは虚ろな目で見つめる。するとヴェルナーは忌々しげにトワの顎をとった。

「おまえは誰だ」

「え……？」

「おまえの体にはなにもない。発情すれば体に博士が残したものが浮き上がってくるはずなのに、まるでその気配もない」

ちっ、と下品にヴェルナーは舌を打つ。

よくわからないが、ヴェルナーの目論見ははずれたらしい。トワの体には彼が知りたいものがなかったようだった。

「――ダミーってことか。あいつめ……」

ヴェルナーはぶつぶつと独り言を言い、ぎりぎりと歯嚙みする。そうして体を火照らせているトワの首輪を摑み、ぐいと顔を上向ける。

「リリトに続いておまえまでとは。……孤児院には他におまえらと同じ時期にいたオメガはいなかったか」

「い、な……い。リリトと俺だけ……」

するとヴェルナーはぞんざいにトワの体を投げ捨てるように放した。トワの体はベッドの上に沈む。

「まあ、いい。ダミーでもまだおまえには使い道がある。リリトのような普通のオメガとはまったく違うからな」

打って変わって酷薄な表情を作る彼にトワは息を吞んだ。

「――おまえがこの体でちゃんと妊娠できるかどうか。妊娠できたとしたら、どんな赤ん坊が産まれるのか。――なにしろ、おまえのような人工交配で作られたオメガの妊娠の可否は立派な研究対象だからな。それはそれで貴重な検体ということになる。さあ、手はじめに私が種をつけてやろう」

言いながら、再び彼はトワの体の上に覆いかぶさり、さらけ出されているトワの乳首に口づけ、吸い上げた。

「あっ……んんっ」

乳首に舌がしつこく絡み、唾液が糸を引く。刺激に勃ち上がった乳首は尖って震える。嫌だ、と思うのにはじめての強い刺激で体は思うように動かない。

やがてヴェルナーの手はトワの股間へと伸びていた。

「あっ……！」

すっかり勃ち上がっているそこと、後ろの孔へ触れられて、トワは声を上げる。

「いやらしい子だね。乳首を弄っただけでこんなにして。前も後ろも、もうびしょ濡れじゃないか。そうやってヒュウゴも誘惑したのかな？」

先っぽから出ている透明の蜜を掬い取られ、わざとトワに見せつけるように糸を引かせる。タップするようにペニスの先を指でタッチし、ピチャピチャといやらしい音をさせた。

「しな……い、そんなこと……っ」

半泣きでトワは脚を閉じようとする。が、ヴェルナーはそれを許さない。脚を無理やり開かせ、太腿を手のひらで愛撫し、陰嚢を揉む。そうしてトワのペニスを握り込んで扱きだした。

「ひっ……あっ、ああっ……いやぁっ……」

トワはがくがくと全身を揺らしながら、好きでもない男に触れられて、感じる自分がたまらなく恥ずかしいと思う。

だがヴェルナーの愛撫は容赦がなかった。さんざんトワのペニスを弄ぶ。しかも射精しそうになると、指で根元を縛め、吐精を封じるのだ。いつまで経ってもイかせてもらえずトワは泣きじゃくる。快感が過ぎるせいで背を反らし、体の力が抜けずに内腿は痙攣する。苦しいのと快感とわけがわからなくなり、トワは乱れた。

「やっ……も、お、苦し……っ」

トワのペニスからは先走りがしとどに流れ落ち、トワの脚も、シーツも濡らしている。

苦しい、苦しくてたまらない。

「イきたいなら、イかせてください、って言ってごらん」

ヴェルナーが低く笑いながら耳打ちする。耳打ちしている間にも巧みにペニスを扱かれて、途方もない快感にトワの体はビクビクと震えた。

「い……っ、やだ……っ、いやあ……っ」

凄まじい快感に耐えられず、トワはがむしゃらにヴェルナーの手を振り払って拒んだ。

ヴェルナーは呆れたように「強情な子だ」と吐き捨てるように呟き、トワのペニスの先を爪でぐりっと抉った。

「ひ……っ！　やめっ……い、いや、いやあああっ……!!」

トワの悲鳴が上がると同時に蜜が迸る。そうして吐き出したものがトワの太腿にとろりと伝って流れた。

はあはあ、とトワが荒い息を吐いていると、すぐさまトワの脚が大きく開かされる。はっとして顔を上げると、ヴェルナーの滾ったものが目に入ってきた。

「……やだ、やめて……っ」

「この期に及んで嫌がるとはな。しかし、ここはそうは言っていないぞ。……ほら」

彼はトワの後ろの孔に指をぐい、と乱暴に突っ込む。ずるりとトワのそこは彼の指を呑み込んだ。

「ほぐさなくても、もう十分蕩けてるじゃないか。このまま私のものを入れて広げてやろう。そのほうが私の形を覚える」

ヴェルナーがそう言って、トワへ向かって体を傾けたときだった。

低い地響きのような音が微かに聞こえた。

「……？」

さすがのヴェルナーも体の動きを止め、耳を澄ませてその音の正体を探ろうとしている。

音は徐々に近く、大きくなってきた。音とともに屋敷がビリビリと振動をはじめた。

「これは……？」

やがてその音はさらに大きくなり、耳を塞いでも頭の中をガンガンと打ちつけるように響く。そして振動は屋敷を揺らすまでになっていた。それどころか、窓ガラスにひびが入る。この音をトワはよく知っていた。だって――。

「飛行機……!?」

と、口にしたとたん、雷のような音を立てて凄まじい衝撃が起こる。

「うわっ！」

叫ぶと同時に天井からキラキラしたシャンデリアが落ちてくる。身を竦めるとそれはガシャンと激しい音を立て、床へ叩きつけられた。四方八方に宝石のようなガラスの破片がはじけ飛ぶ。

トワはあやうく飛んできたガラスの破片で怪我をするところだったが、ベッドの上の毛布をとっさにかぶったおかげで難を逃れる。

「なにが起こった!?　誰か！」

手早く身支度を調えたヴェルナーが大きな声で叫び、呼び鈴をしきりに鳴らす。壁の向こうから銃声が響いた。その音を聞いて、ヴェルナーの表情が固まる。

「トワっ！　どこだッ！」

ドンッ、ドンッ、と扉の向こうでなにかを叩く音がした。この声は……。

「ヒュウゴ！」

そのひとの名前を呼ぶなり、ドゴッ、と乱暴に部屋の扉に大きな穴が開く。さらにメキメキと木を割る音がし、パラパラと破片が飛び散ると、バンッと扉が開いた。

「ちくしょう。ご丁寧に鍵なんざかけやがって」

うんざりした声とともに現れたのは、大きな斧を肩に担いだ頼もしい狼。

だがその背後には大勢の武装した男たちがいる。

「あぶない！　後ろッ！」

トワが叫ぶより前に、ヒュウゴは背後の男たちをテーザーガンで撃つ。

「俺は平和的に解決したいたちなんでね」

殺しはしねえよ、と言いながら、撃たれてなお飛びかかってくる輩には足蹴りを食らわせた。

ヒュウゴは襲ってくる輩をすべて倒すと、ヴェルナーの前に立ちはだかった。

せた。鮮やかに次々と周りの者たちをなぎ払い、気絶させる。

「おっとその前に」

言いながら、ヒュウゴはベッドの上のトワに向かって注射のシリンジを投げた。

「薬だ。ヴェルナーのことだ。どうせなんか打たれてんだろ。それ打っとけ」

受け取ったシリンジは前に彼が打ってくれた特効薬だった。トワは自分でそれを太腿に突き立てて打つ。今回は前よりはヒートの状態も軽いから、あっという間に効いてくれるだろう。とにかくまずは着るものを、と思っていると、再びヒュウゴが自分の着ていた上着を投げてよこす。

「とりあえずそいつを着ておけよ」

「うん……ありがとう。……あっ、あのっ、リリトが……っ、リリトがね……っ」

トワは隣の部屋にいるリリトを案じた。さっきの銃声は彼を傷つけてやしないか。

「わかってるさ。リリトは大丈夫だ」

くい、と鼻先を動かして、扉の向こうを指す。トワが体をのめらせて扉の向こう側を見ると、ヤクモにリリトが抱きかかえられていた。ヤクモは得意げにトワに向かってウインクをしてみせる。リリトが無事とわかってトワは胸を撫で下ろす。

「よかった……ありがとう。ヒュウゴ」

「礼はあとだ。まずはこいつと決着をつけなくちゃならない」

そんなやりとりの間にも、ヒュウゴはヴェルナーと対峙(たいじ)していた。

トワは彼の上着を羽織る。それはとても大きくて、すっぽりとトワの体を覆い隠した。それにヒュウゴの匂いがする。獣の、雄の、大好きなひとの匂い。ぎゅっと羽織った上着を抱きしめると、まるで彼に抱かれているような気持ちになった。

「ヴェルナー、久しぶりだな」

「まったく、いつでもおまえは私の邪魔をする。目障りこの上ない。やっと消えてくれたと思ったのにまたおまえに会うとはね」

ヴェルナーは不愉快といった苦い顔をしている。対してヒュウゴはと言えば涼しい顔だ。

「トワにおまえがついていたのは罠だったということだな。こざかしい」

「ああ。コルヌの孤児院の情報を流したのも俺だ。そうしたらきっとおまえたちはトワにたどり着くだろうと思ってたんだが、そのとおりになったな」

「とんだ茶番だ。忌々しいったらない。……で、トワが例のオメガでないとするなら、本物はどこだ」

「残念ながらおまえには教えられない。生き死に含めてな」

「――なにもかも先手を打たれたということか」

「そういうことになるんだろうな。悪いがおまえの目論見はすべてご破算になった。コルヌの研究所も中止だ。政府に潜んでいたおまえらの仲間も全員こちらの手に渡ったと報告があった。それにおまえらの組織にはそろそろ軍のやつらが乗り込んでる手はずになってる。――ヴェルナー、残念だが諦めろ」

ヒュウゴが淡々と言うのを、ヴェルナーは憎々しげに睨みつける。

「誰が諦めるものか。おまえらの把握しているのは所詮表面の皮一枚程度のことだろう。私たちには世界中にたくさんの仲間がいる。研究所の建設を一度阻止されたくらいでは痛くも痒くもないよ、ヒュウゴ」

「ヴェルナー、おまえにも捜査の手が伸びている。手を引くなら今のうちだ。聡明なおまえのことだ。そのくらいとっくにわかっているだろう？　さあ、俺と一緒に行こう。悪いようにはしない」

　ふん、とヴェルナーは鼻を鳴らす。

　トワにはまったく事情が把握できず、彼らのやりとりを聞いているだけだ。だが、政府だとか組織だとか、不穏な単語が彼らの口から飛び出して、容易ならざる事態であることだけは理解ができた。

　ヴェルナーはバルコニーに続く掃き出し窓へ足を向け、窓を大きく開いた。

「私の屋敷をめちゃめちゃにして……。まさか飛行機で突っ込まれるとは思わなかったよ。この修理代は払ってくれるんだろうね？」

　溜息をついてヴェルナーが言う。どうやらヒュウゴたちは飛行機ごとこの屋敷に突っ込んだらしい。どうりでひどいことになったわけだ。無茶なことを、とトワは呆れた。

「悪かったな。こっちも切羽詰まってたんでね。修理代はあとで請求してくれ」

「それならいい」

ヴェルナーはそう口にすると、つかつかとバルコニーに出る。すると彼はあろうことかバルコニーの手すりの上に飛び乗った。

「ヴェルナー！」

ヒュウゴが大声を上げて駆け寄っていく。ここは三階だ。ヴェルナーはなにをするつもりなのか。ヒュウゴの声に驚いたトワものろのろと体を動かし様子を見る。

「残念ながら、まだ捕まるわけにはいかないのでね」

ヴェルナーが不敵な笑みを浮かべると、そこにすっとグライダーが滑り込んできた。

「ヴェルナー様」

グライダー乗りが声をかけると、ヴェルナーはタイミングを合わせてひらりとグライダーへ飛び乗る。すぐさまグライダーはそこから離れていった。

それはまるで鳥が美しく滑空するのを見ているようで、流れるような一連の動きにトワは思わず見とれてしまう。

「トワ！　行くぞ！」

ヴェルナーが飛び去っていくのをぼんやり見ていたトワを正気に戻したのは、ヒュウゴの声だった。

振り向くと「一緒に来い」とヒュウゴがトワを呼び寄せている。

「な、なんで俺が……っ」

「ヴェルナーを追いかける。おまえも来い」

ヒュウゴは動かないトワに歩み寄ると、トワの首からヴェルナーにつけられた首輪を外すと、体をひょいと担ぎ上げた。

「やっ、やだ……っ、ほっといて……っ！　俺なんか置いていけばいいだろ」

ヴェルナーから解放されたし、あたりも静かになっている。誰かが揉み合っているような音も聞こえない。きっとひとりでもコルヌに帰ることができるはずだ。じたばたとヒュウゴの腕の中でトワは暴れる。これ以上ヒュウゴと一緒にいたら、また彼に我が儘を言って困らせる。

好きだから一緒にいて。

きっとそう言ってしまう。――ダミーである、ただの囮だった自分に彼が用はないのをわかっていても。

「だめだ。こんなとこにおまえを置いておけるか。つべこべ言わないで言うことを聞け」

「なんで俺のことそんなにかまうの。俺はダミーなんだろ。俺には機密事項もなにもない。もう俺なんかに用はないくせに。――ヒュウゴに守られる資格なんかない……っ」

きっ、とトワはヒュウゴを強く見据えた。

するとと彼はふっとやさしく微笑み、トワに頬ずりをした。やわらかい彼の毛皮が頬に当たる。そうして耳許で囁かれた。

「ばか。資格ならあるさ。……何年おまえのこと見てきたと思ってるんだ。おまえと一緒にいたと思ってるんだ。おまえのことを大事だと思ってなければ……好きじゃなければこんなに焦って助けになんか来ない。——一緒に来いなんて言わない」

え、とトワの目が大きく見開かれる。

ヒュウゴはなにを言ったのだろう。これは空耳だろうか。そんなふうに困惑していると、彼は「さあ、行くぞ」とトワを抱いたまま走りだした。

「うわっ」

走るスピードが速すぎて、ヒュウゴの腕から落ちそうになる。慌てて彼の太い首にしがみつき、その毛皮の中に顔を埋めた。狼が全力で走るスピードがこんなに速いことを忘れていた。

彼の体に強く密着し、つい今し方、彼が囁いたことを反芻して、夢じゃないかと思ってしまう。あれじゃあ、まるで告白されているみたいだ。トワがあんなに好きだと言い続けても振り向いてくれなかったのに、こんなところであんなことを言うなんて卑怯だ。

飛行機は屋敷の屋根の上で、そこにある小塔をぽっきりとへし折って止まっていた。

これではヴェルナーが修理代、とうんざりしながら言うわけだ、とトワは苦笑いする。

「トワ、準備はできたか」

ヒュウゴはトワにごわごわしたごつい飛行服を着せ、飛行帽とゴーグルを着けさせた。サイズが合っていないのか、だぶだぶの飛行服はあまり着心地がよくなかったが。

「うん。ねえ……ヴェルナーさんって何者なの。ヒュウゴとの話を聞いてたけど、俺全然わからなかった」

「飛行機ん中で説明してやる。まずは乗れ」

ヒュウゴがトワの手を引いた。


トワは機内で歯を食いしばっていた。

機体が上昇するときの重力が体にかかる。この瞬間だけは何度か乗ってもやっぱり慣れない。しかしこれをやり過ごせばいくらかましになるはずだ。

ビリビリと機体が振動し、それに伴って、キーン、と鼓膜が痛くなる。いつもよりも乱暴な操縦にトワは気が遠のきそうになる。

「うう……」

「おい、大丈夫か」

ヒュウゴがカラカラと笑い声を上げる。

「だ、いじょうぶ」

上空に出るとトワはごっくんと唾を飲む。鼓膜の痛いのがそれで薄れ、ようやく落ち着いた。やっとあたりを窺う余裕も出る。ヴェルナーを追うと言っていたが、だいぶ時間をロスしている。果たして追いつくのだろうか。

「あいつの行き先はわかってる。それに応援も出てきている。捕まえてやるさ」

ヒュウゴは自信ありげに呟く。

「さっきの話の続きだ――」

そう言ってヒュウゴが切り出した。

「ヴェルナーも言っていたと思うが、おまえは研究所で生まれた。それは事実だ。そしておまえのようなオメガは他に何人もいる。都合のいいところだけ取り出したものだけを生み出す、それも命を、ってのは果たしてやっていいのかどうか俺もわからん。が、タブーとされていることではある。それをやっちまったやつがいてな……」

現在、遺伝子操作を用いて獣人とはまた異なるキメラを作り、それを新たな兵器として世界を手中に収めようとするコフィンというカルト団体があるという。彼らは豊富な資金力をいいことに世界中の主だった組織にはびこり、乗っ取りを企てているらしい。今のイオでの派閥の対立もコフィンによるところが多々あるとのことだった。

そしてヴェルナーはその団体の支持者であるという。

ヒュウゴは表向きには軍を退役したが、その実、秘密裏に組織について探っていた、とトワは聞かされた。

はじめて聞く話にトワは驚いたものの、ヒュウゴのこれまでの行動がそれですべて説明がつく、とストンと腑（ふ）に落ちる。やはり彼はただの退役軍人ではなかったのだ。

「コフィン――棺（ひつぎ）――なんて洒落（しゃれ）にもなんねえ名前だ」

ちっ、とヒュウゴは舌を打った。

そのコフィンのメンバーはルノルクス研究所にも入り込んでいたらしい。メンバーである研究員はキメラの研究を極秘裏に進めていたが、彼は研究の途中で亡くなってしまう。

彼はキメラと同時に、人口増を目的とするためのオメガの研究も進めており、それはとうに成功させて何人ものオメガを既に生み出していた。

「それがおまえだよ、トワ」

ヒュウゴの言葉にトワはいまさら衝撃を受けなかった。出自がわかったのはいいことなのかどうなのかわからないけれど、ここに自分がいることだけがすべてだ。

「当時のルノルクス研究所の所長はそいつの研究を把握していなくて、そいつが亡くなった後に知ったらしい」

所長はその研究は忌まわしいものとして封印することにしたものの、既にひとりのオメガの子の体には隠し彫が入れられていた。

その内容は獣人を用いるキメラの研究を記した文献の隠し場所で、コフィンのメンバーが知ったら必ずそれを奪うはずだと所長は考えた。研究はけっして完成させてはいけないと彼は思ったものの、その秘密は生身の子の体に託されている。完全に処分するにはその子を殺さなければならなかった。しかし所長はその子を殺してしまうのは忍びないと、研究所にいたすべてのオメガの子どもたちを分散させることで、市井に紛れさせればいいと考えた。

木を隠すなら森の中、そういうことだ。

それでトワはコルヌの教会の前に捨てられたのだった。

「所長は俺にその事実を打ち明けてくれた。俺もさ、実は孤児でね。大学まで行けたのも軍に入れたのも、所長のおかげで……まあ、恩があったんだが。あのひとは責任感の強いひとでね……いいひとすぎて早死にしちまったんだが。それで俺が所長の遺志を継いであちこちに散らばった子たちを陰で見守ってきたってわけさ。コフィンのことを探ると同時にな。ところが……」

いったんはコフィンの動きも収まっていたかのように思えていたが、数年前から再び動きが活発になりはじめたらしい。それはヴェルナーが政府に関与しはじめたあたりから顕著になってきたということだった。

「あいつはこの国を自分のものにしたいって野望を昔から持ってた。野心家でな。頭はよかったが、過激な思想を持ってた。あげくにあんな妙なのに傾倒しやがって。……あいつほど優秀なら、もっと他にその才能を生かせたものを」

ヒュウゴはどこか寂しそうな目をしていた。

きっとヒュウゴはヴェルナーに一目置いているところがあるのだろうし、嫌いではないのかもしれない。それだけにこんなことになって残念に思っているのだ。

「……けど、こうなると、ヤツの優秀さは徒となるってことだ」

いずれ、ヴェルナーが件の研究のことを知るのは時間の問題だとヒュウゴは考え、一計を案じたという。

「ダミーを立てて、そこに食いついてきたヴェルナーを仕留めよう、俺はそう考えた。案の定、あいつはあちこちで次々にオメガをさらいはじめた。誘拐事件がコルヌに近づいてきたあたりで、コルヌあたりの孤児院に捨てたというガセネタを流したんだが、思っていた以上に大きく出てきた」

「それで……。ねえ、どうして俺だったの？」

あえてヒュウゴはトワを選んで側にいることにした。それはなぜなのか。

「ん？　それは……俺がおまえの側にいたら、あいつはおまえのことをいずれ突き止めるだろう。けど、俺はトワを守り切る自信があった。――なあ、トワ。俺はまだ学生の頃、研究所にいた赤ん坊のおまえの世話をしたことがある。おしめだって替えてやった」

「おし……っ」

おしめだなんて。トワは顔を真っ赤にする。恥ずかしいったらない。

「トワは、どの赤ん坊より一番可愛くて、この可愛い子を自分の手で守りたいと思った。はじめはただ成長を見守ってるだけで満足だったんだが、そのうち私情が交じってきちまってな……参ったよ」

最後のほうはヒュウゴも照れくさそうな声を出していた。

「それって……ねえ、ヒュウゴ、さっき俺に言ってくれたこと？　好きって本当？」

トワはヒュウゴの後ろから訊ねる。目の前の狼の耳がひくひくと揺れていた。

「……好きだよ、トワ。ずっとおまえのことが。この子のことを俺は一生大事に見守ってやるって思ってた」

「だったらどうして俺のこと抱いてくれなかったの……？　どうして応えてくれなかったの……？　俺はあんなに好きだって言い続けてたのに」

トワのせつない声にヒュウゴは、「大人には事情ってもんがあるんだ」と溜息をついた。

「まずはヴェルナーの動きが把握できなかったし、おまえにのぼせ上がったりしてたら、いざというとき冷静な判断がくだせなくなっちまう。それに──俺みたいなオッサン、いずれ飽きられるんじゃないのかってな。……これでも案外俺は傷つきやすくてね。おまえに捨てられたら立ち直れないなって」

ははは、とヒュウゴはおどけたように笑った。

「ばか！　ヒュウゴのばか！　飽きるわけないじゃない！」

好きなのに。こんなに好きなのに。

ばか、ばか、とトワが言い続け、ヒュウゴは照れくさそうに頭をかく。

「おっと、やっこさん見つけたぞ。……まったく金持ちってのはやだねえ。ありゃ最新鋭の計器がついてる機体だぜ」

ヴェルナーはグライダーから、最新型の飛行機に乗り換えているらしく、ヒュウゴが言うには目の前を飛んでいる機体が彼のものだということだった。

ぐん、と唐突に機体が傾いた。急旋回にトワは声を上げる。

ヒュウゴはもう笑い声は上げない。代わりに計器に目を落とし、どんどんと上がる数値を確認すると、前にいる機体へぴったりと自分の機体をつけ、狙いを定める。しかし相手もさるもので、この機体を振り払おうと急上昇をしはじめた。そうしてついてきたところで急降下する。

「くそっ、逃すかッ」

だが、ヴェルナーの機体から今度は銃撃が加えられる。

「――っ！」

トワは銃撃を目の当たりにして恐怖に震えた。

「大丈夫だ。安心しな。あんなへなちょこ野郎の弾丸にはやられないさ」

ヒュウゴはそう言うと、操縦桿（そうじゅうかん）を握り直し大きく機体を傾ける。そうして機関銃が放つ銃弾をヒュウゴはすんでのところで躱（かわ）し、今度はこちらも銃弾を放った。

そんなふうにしばらく攻防が続く。何度目かにきりもみで落ちたところの、その一瞬だった。ヒュウゴが的確に一撃を放つ。ピンポイントでその銃撃はエンジンを打ち抜いた。

シリンダーが破損したらしく黒煙を上げる。

ヴェルナーの機体は失速し、地上へと向かって落ちていった。

「どこまでおまえは私の邪魔をする」

駆けつけた政府軍に拘束されたヴェルナーが憎々しげにヒュウゴを睨む。

ヒュウゴに機体を打ち落とされた際、幸い落ちたところが森の中だったため、彼は軽い怪我のみですんでいた。そうして逃げようとしたところを政府軍に捕らえられる。

これから彼は様々な取り調べを受け、そして一生監視がつくことになるだろうとのことだった。

「ひとは神にはなれないんだぜ、ヴェルナー」

ヒュウゴはヴェルナーにそう声をかけたが、彼はその声を聞いていないように見えた。

まだまだ問題は山積みだ、とヒュウゴが言う。

こんなのは氷山の一角で、ヴェルナーはその氷のかけらに過ぎないのだと。これからトワが狙われることはないだろうが、まだキメラ研究の秘密を握ったオメガのこともある。

「……で、その秘密のオメガって無事なんだよね？」

「ああ」

ヒュウゴがそっとトワの耳に顔を寄せ、秘密のオメガの正体を告げた。

「ええっ⁉」

その名前を聞いてトワは飛び上がるほど驚いた。その名前は――クロエ。

「内緒だからな」

こくこくとトワは頷く。

クロエがコルヌに移り住んできたのも、ヒュウゴからの指示を受け取るためで、さらにコルヌから姿を消したのも、ヒュウゴの指示によるものだった。クロエにはすべて話しているという。

「あいつのつがいがデキたやつでな。まあ、俺の元部下なんだが」

ヒュウゴの指示でクロエと逃避行を続けるうちに、つがいになったのだという。

「幸せなんだとさ」

「そっか……。クロエさん、よかった……」

クロエのことを思い出して、一時はやきもちをやいたこともあったなと気恥ずかしくなる。自分はなにも知らなかったとはいえ、彼はとても重いものを背負っていたのにと、あまりの自分の幼さを反省した。

「ヒュウゴ！　トワ！」

トワとヒュウゴがアーラの宿に着くと、出迎えてくれたのはヤクモとそしてリリトだった。リリトはヤクモの陰に隠れて、おずおずとこちらを見ている。

「リリト……っ！」

トワはリリトに駆け寄る。リリトははじめふるふると頭を振っていたが、ヤクモに「ほら、謝るんだろ？　トワに」と背中を押されると、トワをぎゅっと抱きしめた。

「ごめん……トワ、本当にごめん……っ」

「ううん。リリト……無事でよかった……すぐ助けに行けなくてこっちこそごめん」

「そんな……っ、俺はトワにひどいこと言ったのに……」

「俺だって。ヴェルナーさんが嫌だ、ってリリトに言わなかったから」

ふたりで抱きしめ合って、わんわんと泣いた。やっぱりリリトがいないと嫌だ、とトワは思う。仲直りしてまたふたりで笑い合えたらいい。

リリトはこれから病院に行って検査を受けるのだということだった。あちこち体が傷つけられていたり、妙な薬を与えられ続けていたりでどんな影響があるかしれないからだということで。ヤクモがリリトにずっと寄り添って甲斐甲斐しく世話を焼いている。

「ふたりがくっつくといいのに」

「そうだな」

トワとヒュウゴはふたりが立ち去っていくのを、姿が見えなくなるまで見送った。

「ねえ」

じっとヒュウゴを見つめながらトワが口を開く。

「ん？」

「俺になんか言うことあるでしょ」

トワがむくれたようにそう言うと、ヒュウゴは困ったように笑った。

「おいおい。勘弁してくれって」

「だーめ！　俺がどんな思いしてきたと思ってんの！」

「参ったな……。あー、くそ」

ヒュウゴは吐き捨てるように呟くと、トワに手を伸ばす。そうしてトワを抱き寄せた。

「……んっ……」

文字通り、噛みつくようなキス。

狼とのキスはコツがいるのだと、トワははじめて知った。鼻先をよけて、唇を合わせる。彼の大きな口から、分厚い舌がトワの薄い唇を割って入る。ざらざらした舌で口の中を愛撫されて、あまりの気持ちよさに下肢からゾクゾクと震えが這い上がってきた。

「ん……んっ、ぁ……んんっ……」

キスだけでぐずぐずになって、足下から蕩けていく。膝に力が入らず、トワは彼の首に腕を強く巻きつけた。

唾液が糸を引いて、キスが終わる。

「……俺のつがいになれ、トワ」

金色の美しい目に囚われる。トワは彼の美しい姿を眩しく見ながら、震える声で告げる。

「ヒュウゴのつがいにして。一生大事にしてくれるんでしょう？」

ああ、というやさしい声とともに彼の鼻先が上下に動く。そうして彼の美しい毛皮にトワの体が包まれた。


「ヒュウゴ……俺、埃っぽいから……汗もいっぱいかいてるし……」

トワは戸惑いがちに首筋に顔を埋めている狼の毛皮の中に指を差し入れる。

「いまさらそんなの気にしなくていい。おまえの匂いは甘くて……全部食っちまいたい」

ヒュウゴは顔も上げず、喉を低く鳴らしていた。湿った鼻先がトワの鎖骨に当たる。

「……食べていいよ……。ヒュウゴにだったら全部食べられたい」

やわらかなヒュウゴの首筋の毛を撫で、さらに手のひらを彼の背中へ滑らせる。

「煽るな。ずっと我慢してたんだぞ。俺の苦労も知らないで。おまえときたら日に日に色っぽくなってくるし、ヒートは俺に見せつけるし……どんだけ俺が――」

トワは文句を言うヒュウゴの口を自分の唇で塞いだ。

ヒュウゴは薬でトワのフェロモンをまともに感じないようにしていたと告白した。あのいつもの鼻炎は薬の副作用だったらしい。何年も辛い思いをさせていたのだと申し訳なく思ったが、もっと早くに手を出してもよかったのに、と半ば不満でもある。

「ごめん……でも、ヒュウゴだって……んっ、あ、っ」

ヒュウゴの手がトワの太腿にかけられる。そうして開くように促された。

「……そんじゃ遠慮なく食っちまうぜ。……覚悟しとくんだな」

「ばか……いまさら……」

毛むくじゃらの手がトワの肌を這い回った。彼のざらざらな舌で乳首を舐められると腰に甘い疼きが走る。尖った爪で引っかかれ、それからざらりと舐られる。舐められるときに彼の牙が乳首に触れると、甘い声が上がった。

「あ……んっ、ぁ……ぁ……」

弄られて乳首はふっくらと赤く膨らむ。彼の唾液にまみれててらてらと光るそこは淫靡で、自分のものではないような気がした。気持ちよくて腰が自然に揺れる。

いつの間にかヒュウゴの手がトワの太腿のつけ根に伸びていた。

「濡れてんな……」

彼の低い囁きにトワはさっと顔を赤くした。はしたない、と思われてやしないだろうか。

だがそれは杞憂だった。

「トワが俺の前でやらしくなってくれるのはいい。でも、俺の前だけにしておけ。いいな」

彼はトワの耳朶を軽く食み、それから恥じらいで赤く染まった頰を舌で舐める。

そうしてもう後ろの蕾はヒュウゴの指先で弄られはじめる。指の腹で襞を引っ張られ、濡れた後ろの孔につぷりと指を差し込まれる。

後ろの孔からも愛液がじゅんじゅんと滲んでいるのか、すんなりと彼の指を受け入れて、綻んでいった。くちゅくちゅと中で指を動かされ、後ろを開かされる。中をゆっくりと擦られ、はじめての快感にトワは思わず手のひらで口元を押さえた。

「やっ、それ……あ、あ……んっ」

声が止まらない。気持ちよくて体が溶ける。

「もっと可愛い顔見せてみな。……ここ、好きか？」

トワの口元を覆った手を振り払い、ヒュウゴは顔を寄せる。深く口づけられ、口中で舌が暴れ回る。トワの舌が彼の舌に搦め捕られ、そして後ろの敏感な粘膜を彼の指で刺激されて、体の中の熱が高まる。熱くてたまらなくなり、甘い息を吐き続けた。

「んッ……ん、ああっ……！」

びくん、とトワの体が弾んだのは深くに差し入れられた彼の指のせいだ。トワのペニスからひっきりなしに透明の蜜が漏れ、後ろも愛液でびしょびしょになっている。

彼の指は抜き差しもせず、深く含ませたまま、ただ中の襞を撫でるように動かしている。鈍い快感がもどかしくて、腰が揺れる。

もうこの刺激ではもの足りなくて、後ろを埋めて欲しくなる。

「ヒ、ヒュウゴ……ヒュウゴ……あ、あう、う……」

トワはヒュウゴの首に縋るように腕を巻きつけ、膝を立てて彼を引き寄せる。蜜が滴り、勃起しきったトワのペニスをヒュウゴの腹に擦りつけ、自ら求めるように体を揺らした。

「……早く、早くきて……っ、俺の中にヒュウゴの欲し……っ」

トワのせつない懇願にヒュウゴの喉が鳴った。トワはなおも甘い息を吐いて囁く。

「俺の中、ヒュウゴでいっぱいにして……いっぱい、ちょうだい」

「……おまえ、俺を煽ることにかけちゃ天才だな」

ごくりと生唾を飲む音が聞こえるなり、慌ただしくトワの中に入っていた指が引き抜かれる。ずるりと抜けるその感覚に思わず声を上げた。

すぐさま両脚を抱え上げられる。

潤んだ目でヒュウゴを見ると、彼の目は獰猛な光を宿していて、ああこれから食べられるのだ、とトワは思う。美しいひとだ。銀色に輝く毛皮の中心には、根元にこぶのある大きなペニスが天を向いている。あれをこれから自分の中に受け入れる。トワも思わず息を呑んだ。その直後、栓をするように綻んだ蕾にヒュウゴの熱い欲望が突き入れられる。

過ぎた刺激にトワの背が撓った。

「……ひ、ああッ……あっ……！」

「んっ……は、あ……。くそ……ったく、締めつけすぎだっての……」

ヒュウゴの顔がしかめられている。彼が小さくトワを揺すると、ベッドも小刻みに軋んだ。

やがて彼の全部が収まると、ぎゅっと彼に抱きしめられる。

「ねえ、今、繋がってる？　俺とヒュウゴ、繋がってる？」

トワの腕がそろそろと差し出され、ヒュウゴはそれをやさしく摑むと、彼自身の肩に回させた。

「ああ。繋がってるよ。……おまえの中最高だ。熱くて俺のが溶けそうだよ」

ドクン、と中でヒュウゴのものが大きくなるのをトワは感じ、熱い吐息を漏らす。

そうしてしっかりと抱きしめ合い、繋がり合ったまま、互いの顔や腕を愛撫する。

「……愛してるよ、トワ」

ヒュウゴがトワの髪を梳きながらやさしく微笑む。

「俺も……俺も愛してる……」

ヒュウゴの腰にトワの太腿が寄せられる。それが合図とばかりにヒュウゴにトワの腰が抱え直された。ヒュウゴは腰をゆっくりと動かす。抜け出てゆく熱塊にトワは息を詰まらせ、また押し入ってくる熱さに今度は甘い息を吐く。

ゆっくりと抽送を繰り返され快感に体が満たされていく。

「あ……あん、あ……あ、ああっ……」

ベッドが激しく軋みだしたのにも気づかないまま、トワはヒュウゴに後ろを突き上げられていた。両脚を彼の腰に絡みつけ、ペニスからは蜜が溢れて止まらない。

ペニスを伝う透明の蜜をときおりヒュウゴは指で掬い、ぺろりとトワに見せつけるように舐めてみせる。彼の舌がいやらしく動く様を見て、トワはなおさら中を締めつけた。

ヒュウゴはトワの赤く熟れた乳首に舌を這わせる。

「トワは乳首が好きなのか。舐めると中がキュンキュンする」

卑猥な言葉を吐かれ、ぐちゅ、ぐちゅ、と音を立てて抜き差しされる。

「やぁ……っ、意地悪……っ」

羞恥に震えてトワは顔を背けようとするものの、ヒュウゴはそれを許さない。トワの唇を塞ぎ、さらに奥を抉った。それがまたトワへ新たな快感をもたらす。もっと欲しくなって、中へ中へと彼を誘う。

「俺のこと離したくないって……締めつけてる……」

「ヒュウゴっ……あ、あっ……アアッ、あッ」

我を忘れ、腰を淫らに揺らし、トワはヒュウゴの背に爪を立てる。高く上げる嬌声はもう泣き声になり、眦（まなじり）から涙がこぼれ落ちた。

「もうっ……もうッ……お願……いいッ、いいっ……」

背を反らせ、喉をさらしたまま、トワは凄まじい快感に泣き乱れた。激しい突き上げで中を擦られてただ快感に流されるだけだ。

「噛んで……っ、ヒュウゴぉ……っ」

蕩けそうな熱が中も外も体を支配する。

うわごとのように口にしたトワの言葉に応えるようにヒュウゴが喉を鳴らした。

「トワ……ッ」

そうして深々とトワの奥を貫いたかと思うと、ヒュウゴは大きな口を開けトワの首筋を強く噛む。彼の鋭い牙はトワの首筋に一生消えないその印をつけたのだった。

「ア――――――ッ！」

トワはその激しい衝撃に、頭の中のどこもかしこも真っ赤に染める。そうしてガクガクと体を痙攣させるように動かすと、びゅくびゅくと白いものを吐き出した。

「……っ」

トワが絶頂を迎えて中を締めつけるのにつられるように、ヒュウゴも全身を震わせてトワの中に己の精を注ぎ込む。そしてヒュウゴのペニスのつけ根にあるこぶがトワの中で膨れ上がった。射精後の敏感になっている粘膜にその刺激は強すぎた。

「あ、あ、あぁ……んっ……あぁ……ぁ……」

ぐったりとしているのに、イキすぎておかしくなる。

しかもトワの中でヒュウゴの吐精は止まらない。トワは最高の悦楽に身を任せながら、いつまでも熱いものを中で受け止め、二度目の絶頂を迎えてしまう。

トワのペニスからもまたとろとろと白い蜜がこぼれた。

身も心もようやくヒュウゴのものになった、その幸せでトワはうれし涙を流しながら。

「好き……っ、好き……ヒュウゴ……大好き……」

体中に愛がいっぱいに溢れている。溢れてうれしくて、幸せだった。

「俺もだよ、トワ」

愛してる、そう囁きながらヒュウゴは鼻先をトワの鼻に押しつけ、やさしく微笑む。

「コルヌに帰ろう」

ヒュウゴがトワを抱きしめてそう言った。

トワは彼の目を見つめながら、こっくりと頷いた。

コルヌに帰ろう。あの、美しい町に。

やさしく背を撫でられながら、彼とふたり歩んでいく明日からの新しい暮らしを夢見た。

春も夏も秋も冬も、いつまでもこのひとと一緒にいられる。

願わくばこれが夢ではありませんように。目を閉じて眠りに落ちて、そして目覚めてからもこの幸せが続きますようにと、いくつもいくつも祈る。

ふたりの愛の夜はまだはじまったばかりだった。

Home! Sweet Home

「エルヴィ、リーチャ、ほら、パパにいってらっしゃいは？」

トワはふたりの子どもを呼び寄せる。

小さな子どもたちは「パパ！」と可愛らしい声を上げながら、トワとヒュウゴの側へ駆け寄ってきた。

「パパ、もうおでかけ？」

「ああ、そうだよ。リーチャ」

大きなヒュウゴの足下に小さなふたりがじゃれついている。彼は子どもたちの頭をそれぞれ撫でて、やさしく微笑んでいた。

ヒュウゴと結ばれてから五年、トワは相変わらずコルヌで暮らしている。

あのヴェルナーの事件の後、政府から軍に戻れと言われていたようだったが、ヒュウゴはコルヌでトワの側にいることを選んだ。

——おまえを一生守ると誓ったからな。

そう言って、彼は孤児だったトワの家族になってくれた。そうしてトワが妊娠したのは、それからすぐだった。

今では愛する夫のヒュウゴとそして彼との間に生まれたふたりの子どもたちとともに、この美しい町で暮らしている。

そのふたりの愛しい天使たちはどちらも男の子で、四歳のエルヴィはヒュウゴに似ていて、三歳のリーチャはトワにそっくり。

エルヴィは活発なしっかり者のお兄ちゃんで、おっとりのんびりしている弟のリーチャの面倒をよく見ている。おかげでトワは随分と楽をしているのだ。

なにしろ――と、トワは大きなお腹をさすった。

トワのお腹にはもうふたり。双子だと診断を受けていて、出産日はもうすぐだった。臨月のトワを気遣うように、エルヴィもリーチャもよく家の手伝いをしてくれる。

「パパ、いつ帰ってくるの？」

「ひとつ寝たらだよ、エルヴィ」

「ひとつ？」

「ああ、そうだ。今夜だけパパがいないけれど大丈夫かな」

「うん！」

ヒュウゴと子どもたちのその微笑ましい様子を見ながら、トワは「さあ、もう時間だよ」と彼を急かせた。

「本当に大丈夫か？　トワ」

ヒュウゴが心配そうにトワの顔を覗き込む。

彼は軍への復帰は断ったが、その代わり、ときどき政府の仕事でアーラに出かけてはいる。今日も急な仕事が入って、アーラへ向かうことになってしまった。

ヒュウゴとしてはトワの出産日が迫っている中で家を空けるのが心配なのだろうが、彼には彼の仕事がある。トワも彼が政府に頼りにされていることを重々承知しているので、できるだけ彼をサポートしたいと思っている。だからこうして送り出しているのだが。

「大丈夫だってば。心配性だね。今日の仕事はヒュウゴがいないとどうにもならないんでしょう？　予定日はまだだし」

「だが……」

ヒュウゴが渋い顔をしている。まだ後ろ髪を引かれているらしい。

「平気平気。だって明日には帰ってくるじゃない。今日一日くらいどうってことないよ」

心配性の夫を安心させるように、トワは彼の頬にキスをする。

「だがな、トワ。今はリリトたちもいないし」

リリトもこのコルヌで暮らしている。あれからトワたちは前以上に仲よしだ。

案外世話焼きのリリトはトワのふたりの子どもも可愛がってくれて、子どもたちもリリトに懐き、とても仲がいい。なにかあると彼はトワを手伝ってくれる。

そんなリリトは——ヤクモと先週結婚式を挙げた。

以前からずっとヤクモはリリトのことを本気で好きだったようで、五年前のあの事件の後すぐに彼はリリトにプロポーズをしたのだ。けれどリリトはけっして首を縦には振らなかった。

アルファとしか結婚したくない、と頑としてヤクモを拒否したリリトだったが、それは本当はヤクモのことを考えてのことだ。ヴェルナーとのことをリリトは引け目に思っていたし、そういう自分はヤクモにはふさわしくない、とずっと拒んでいたのである。

それでもなお食い下がったヤクモに、「五年経っても理想のひとが見つからなかったら結婚してあげてもいい」と無理難題をふっかけた。どうやらヤクモと結婚する勇気がなかったからそんなことを言ったらしい。その頃にはリリトの気持ちはとっくにヤクモに傾いていたのに。

はなから理想のひとなんか見つける気もなかったから、当然五年経ってもリリトには相手が見つからなかった。そしてヤクモもリリトのことをこの五年間諦めなかった。

結局、根気よく待ち続け、リリトに情熱的に愛を告げた結果、ヤクモはやっとリリトに結婚を承諾してもらったのだ。

そしてふたりは今ハネムーンに出かけている。

ベータとオメガというふたりで、けっしてつがいにはなれないけれど、ふたりが愛し合っていることは傍(はた)から見てもよくわかる。五年という月日がさらに彼らの愛情を深くしたようで、リリトもヤクモもとても幸せそうだ。

大好きな友達ふたりが結婚してくれて、トワは本当にうれしい気持ちになっていた。

「まあ、それはね。でもほら、なにかあったらピピガのところに駆け込むから。ほら、早く行かないと、船の時間に遅れるよ」

「わかったよ。なにかあったら、ちゃんとピピガのところに行くんだぞ」

トワはぐいぐいとヒュウゴを玄関へ追いやる。

「うん。わかった」

しぶしぶといったように玄関へ向かうヒュウゴを子どもたちと三人で見送る。

「エルヴィ、リーチャ、ママのこと頼むぞ。おまえたちに任せるからな」

ヒュウゴは子どもたちを抱き上げ、ふたりに代わる代わる頬ずりした。ふたりはうれしそうに「はいっ」と張り切って返事をする。

「パパ、いってらっしゃい！」

「いってしゃっしゃい」

ふたりの子どもたちとトワに見送られ、ヒュウゴはアーラへと向かっていった。

「ん？　なんか雲行きあやしいな……」

トワは窓の外を見ながら呟いた。出産日が近いからそろそろお産の準備をしなければと、タオルだの新しいシーツだのを出してベッドの横に積んでおく。

雨になりそうだ、と思っていると、本当に雨粒が窓を叩きはじめた。嫌な雨だとトワは胸騒ぎを覚える。こういうときの予感は当たるんだよな、とトワは溜息をついた。

「ま、考えても仕方ないしね。——あ、もうこんな時間。お昼の用意しなくちゃ」

今朝穫った豆をスープにしようと、トワは豆がいっぱいに入ったザルをテーブルの上に置く。爽やかな緑の香りがする豆は子どもたちも大好物だ。

「エルヴィ、リーチャ、豆のさや外しておいてくれる？」

「はーい」

「はーい」

ふたりに手伝いを頼み、トワは台所へ向かおうとした。するとそのときだ。

「……っ」

痛い、とトワはその場にうずくまった。嫌な予感は当たる、というのは本当だ。どうしてこんなときに限って陣痛が早くやってくる。

だが、まだはじまったばかりだ。生まれるまでには時間がある。その間にやれることをやらないと。

トワは手早く食事の支度をすませ、作り置きできるものはする。冷えても美味しいものと火を使わずに食べられるもの。あとはエトナを呼んでくればいいし、明日まで待てばヒュウゴが帰ってくるからそれまでの間なんとかなればいい。

しかし、三度目の出産とあって、陣痛の間隔はすぐに短くなってしまう。

「エ、エルヴィ、ピピガのところに行って、エトナを呼んできてくれるかな」

トワは子どもたちにエトナを呼んできて欲しいと頼む。まだ雨はそれほど激しくない。今のうちなら子どもたちがピピガのところに行くくらいは大丈夫だろう。

「うん！」

エルヴィに雨合羽を着せ、外へ行く準備をしていると、リーチャも行きたいと言いだした。仕方がなくリーチャにも合羽を着せる。

ふたりは家を飛び出して、ピピガのところに向かった。

「トワ！　大丈夫？」

お向かいの奥さんはすぐにやってきて、てきぱきと手伝ってくれる。

ピピガはあいにく留守にしているらしく、エトナひとりでやってきたが、ひとまず彼女が来てくれるなら安心だ。

「ごめん、エトナ。迷惑かけて。だいたい準備はすんでるんだけど」

「いいの、トワ。それより雨がひどくなってきたのよ。風も出てきたわ。ヒュウゴはアーラなんですって？　帰ってこられるかしらね」

心配そうにエトナは言う。

エトナの言葉どおり、雨が強くなってきたようだった。短くなる陣痛の間隔にトワは呻きだす。必死で息を整えた。

なんとかなるだろう、と思っていたのだが、双子ははじめてということもあってトワの状態は悪化した。おそらく不安な気持ちもあったのかもしれない。次第に息も浅くなり、顔色がみるみる間に悪くなっていった。

「ママ！」

「ママ！」

エルヴィとリーチャがぐったりしているトワの側に寄ってくる。苦しむトワを見てぼろぼろと涙を流していた。

「だ、いじょぶ、だよ……。心配しな……いで」

トワは必死に笑顔を作ろうとするが、苦悶(くもん)の表情にかき消える。

よほどトワの様子がひどいものに見えているのだろう、ふたりの子どもは泣きじゃくりはじめた。

「ママ、しんじゃう……っ」

「しんじゃいやあっ」

ふたりの子どもの声が耳に届くがトワにはなにもできない。子どもたちを撫でようと手を伸ばすことすら。

「どうしましょう……。エトナもおろおろとして、なすすべがないといった様子だった。お医者様を呼びに行ければいいけれど、私がここを離れたときにトワになにかあったら……」

狼狽(うろた)えたエトナが呟くと、それを耳にしたエルヴィが「おいしゃさま?」と聞き返した。

「そうよ、お医者様」

「ぼく、いく！　おいしゃさまのところ」

エルヴィがすっくと立ち上がる。目に浮かんだ涙を手でぐいと拭(ぬぐ)った。

「無理よ、エルヴィ。こんな嵐(あらし)じゃ」

慌ててエトナは止めた。医者のところまでの道のりはそう遠くないし、晴れていれば行かせるのだが、この雨の中ではエルヴィをおつかいに出すのは不安だ。

「ううん。いく。じゃないと、ママしんじゃう……」

「りーちゃも……！」

今度はリーチャまでが行くと言いだした。

確かにこのままではトワの体が心配だ。どうにかして医者を呼んでこなくてはならないとはエトナ自身思っていた。しかしだからといって——。

「おねがい、エトナ」

エルヴィとリーチャは涙をこらえてエトナに訴えかける。

エトナは必死なふたりに根負けし、とうとう「……わかったわ」と決心したように言うと、彼らにもう一度雨合羽を着せた。

「いい？　無理しないでね。誰か大人のひとがいたら、お医者様を呼んでってお願いするのよ。いいわね？」

エトナの言葉にエルヴィとリーチャはこくこくと頷く。

大好きなママが苦しいのは嫌。死ぬのはもっと嫌だ。

ふたりの兄弟はぎゅっと手を握り合う。

「気をつけてね」

心配そうな顔をしたエトナがふたりを送り出した。

バラバラと大粒の雨が降りしきる中、ふたりは医者の家を目指して歩きはじめる。しかし、思いのほか雨はひどく、幼いふたりにはかなりの辛(つら)さである。エトナは大人が歩いていたら頼めと言ったが、風が強まってきたこともあってこの天気では誰ひとり歩いていない。

しかし、ここで諦めたら大好きなママが大変なことになってしまう。

「リーチャ、ぼくのてをはなさないでね」

エルヴィはリーチャの手を握る力を強めた。嵐なんかには絶対負けない。

とはいえ吹きつけてくる雨風に抗(あらが)ってろくに歩けるわけもなく、なかなか前には進めない。あたりの景色は雨で滲(にじ)んで今自分たちがどこにいるのかさえ曖昧(あいまい)だ。

「える、つかれた……りーちゃ、も、あるけな……」

やはり疲れてしまった小さなリーチャが立ち止まってしまった。

エルヴィも気持ちはリーチャと同じだ。もう歩きたくない。けれど、お医者様を呼んでくるまでは歩かなければならなかった。

泣き言を言うリーチャを「がんばろう？　エルヴィとリーチャでママをたすけないと」と励まし、ぐしょ濡(ぬ)れになって先を進む。途中、道で滑って転び、泥だらけになったがそれでもふたりは歩いた。

「……ここ、どこ?」

だが、雨のせいで道がわからなくなった。いつも目印にしているものが雨のカーテンで隠されて、曲がる道をわからなくしてしまったらしい。

「どうしよう……」

気丈なエルヴィもさすがにここまで張り詰めていた心の糸がぷつんと切れて、とうとう泣きだしてしまった。するとリーチャも一緒に泣きはじめる。

「ママー! パパー! おいしゃさま、どこ? おいしゃさまあ!」

ふたりはずぶ濡れで泣き叫びながら、うろうろとあたりを歩き回るだけだ。

どうしよう。ママがしんじゃったら。

不安に押し潰(つぶ)されそうになったそのとき――。

「エルヴィ! リーチャ!」

聞き慣れた声がエルヴィの耳に届いた。

力強く頼もしい声に、エルヴィははっとする。エルヴィは耳がいい。その声をきちんと聞こうと、ピンと耳を立てた。

「エルヴィ! リーチャ!」

やっぱりあの声は。エルヴィもリーチャも泣くのをやめて顔を上げた。

「パ、パ……？」

大好きなパパだ。雨のカーテンで少しぼやけているけれど、大きな大きなパパの姿がこちらへ向かってくる。

「パパ……っ！」

アーラへ出かけたはずのヒュウゴがふたりに向かってくる。ふたりは大好きなパパへ向かって一目散に駆け出した。

「パパ！　パパ……っ！」

「よく頑張ったな。もう大丈夫だ」

ヒュウゴは彼のもとにやってきた泥だらけのふたりをひょいと抱え上げ、やさしく笑いかける。

「パパ、あのね、ママがね……っ、おいしゃさまのとこ……っ」

エルヴィはヒュウゴへ一生懸命に説明し、早く、とまたもや泣きだしそうな顔になる。

ヒュウゴの姿に安心したものの、なぜ自分たちがここにいるのか思い出したのだろう。

「わかっているよ。さあ、みんなでお医者様のところに行こうな。そしてママのところに戻ろう。大急ぎだぞ？　走っていくから振り落とされるんじゃないぞ」

やっぱりパパは一番頼りがいがある。

エルヴィとリーチャ、ふたりの小さな子たちは満面に笑みを浮かべ、こっくりと頷いて、力いっぱいヒュウゴにしがみついた。

「まあ、あのときはどうなるかと思ったよね」

無事に出産を終え、トワは双子の世話にてんてこ舞いだ。

あの嵐の日からひと月が経ったが、あの日のことを思い出すとぞっとする。あのときヒュウゴが戻ってきてくれなかったら、と思うと身も凍る思いだ。

あの日、アーラ行きの船が故障したせいでヒュウゴは鉄道に切り替えたのだが、嵐になってきたため不安になって戻ってきたのだった。その判断は正しく、駅から家に戻ってくると真っ青になったエトナに事情を説明された。

ヒュウゴはすぐさまふたりを追いかけ、そこで迷子になっている子どもたちを見つけたということだった。そしてヒュウゴはふたりを抱きかかえたまま、医者を呼びに行ったのである。

幸いトワは手遅れにはならず、安産とは言いがたかったもののなんとか可愛い双子を出産できた。

「だから無理をするなと言っただろう？　俺の体中の血が逆流したぞ」

「そうだね。……反省してる」

「俺もそういう点では同罪だな。三度目だからと油断していたかもしれん」

子ども部屋に並んだベッドへ、ようやく寝ついた双子をそっと下ろす。

生まれたのは男の子と女の子の双子で、やっぱり狼とヒトという組み合わせだった。

あの日、双子を出産し終えたときには嵐はどこかに過ぎ去っていて、その夜には息を呑むほどの美しい星空が広がっていた。星から授けられたような小さなふたりはすくすくと育っている。

それはエルヴィとリーチャの愛情もあるせいなのかもしれない。弟と妹が同時にできて、彼らはこれまで以上にトワの手伝いをしてくれる。特にリーチャは今まで弟という立場だったのに、いきなりお兄ちゃんになって少し逞しくなったような気がする。

顔つきがきりっとして、今までエルヴィに甘えていたのに少しずつ自分でやるようになってきた。子どもはあっという間に成長するな、とトワは微笑む。

「でも……うちの子たちは本当に自慢の子だね」

しみじみとトワは呟いた。

やさしくて、勇気があって……ヒュウゴと同じだとトワは隣に立っている彼へ目をやる。

「ああ。本当に。勇気のある自慢の子だ」

すやすやとベッドで眠るエルヴィとリーチャをヒュウゴとふたりで見つめた。

あのときヒュウゴの腕に抱かれて帰ってきたふたりの子どもたちは、ずっとトワの側にいて、手を握ってくれていた。ふたりの小さな手がどんなに大きく思えたことか。

「今まで以上に可愛がってやらないとね」

トワはエルヴィとリーチャの頭を代わる代わるそっと撫でた。

ふたりのベッドにはお揃いのぬいぐるみが置かれている。リリトとヤクモからのプレゼントだ。ハネムーンのお土産でもらったそのぬいぐるみは、ふたりの今のお気に入りである。

それに嵐の日のことをリリトとヤクモにもめいっぱい褒められて、ふたりはしばらくご満悦だった。

「ヒュウゴ」

トワは名前を呼んだ。ぽふ、と彼の豊かな毛皮に頭を預ける。

「なんだ？」

「俺ね、すっごい幸せ。……ありがとう。俺をつがいにしてくれて。そんで、お嫁さんにしてくれて」

トワがそう言うと、ヒュウゴは「俺のほうこそ」とそっと肩を抱いた。

「それでね……」

「ん？」

「お医者様が、その……」

トワはもごもごと口ごもる。

「なんだ、はっきり言え」

「だから……もう、してもいいですよ、って……エッチなこと」

トワはヒュウゴを上目遣いでちらりと見る。

キスも、スキンシップもしていたけれど、やっぱりセックスがしたい。妊娠したのが双子とわかり、流産の危険があるとわかってからは挿入は控えていた。

育児のペースも摑めてきたし、心も体も落ち着いてくると少し物足りなくなる。

大好きな彼に触れたくてトワはたまらなくなっていた。

「したいのか？」

聞かれて、トワは少し拗ねたような顔になる。

「したいよ。ヒュウゴは俺ともうしたくない？」

「したいに決まってんだろうが。我慢してたのは俺も同じだ」

にやりと笑うヒュウゴに「意地悪」とトワは睨みつける。けれど、やさしくキスをされるとどうでもよくなった。ヒュウゴは両腕でトワを胸の中へと抱き寄せる。やさしいキスは徐々に深く、官能的なものへ変わっていく。

「ん、ふ……」

トワは腕をヒュウゴの背に回し、ヒュウゴもトワを強く抱きしめる。

唇が解放されても、ヒュウゴはトワの頬や耳たぶを愛撫して放さない。そのままトワの体を持ち上げて、彼らの寝室のベッドに運んでいく。

そうしてベッドに横たわったときには、すでに着ているものはすべて脱がされていた。

「ちょ、ちょっと、うわっ……」

「なんだ？」

くすくすと笑いを含む低い声で意地悪に囁きながら、ヒュウゴはトワの滑らかな内腿を手のひらで撫で上げる。

「あ……ッ」

ぞく、と淫靡な感覚がトワの体を走り抜け、甘い吐息を漏らす。

ヒュウゴは体をずらすと、慈しむようにトワの下腹部に鼻先を寄せ、まだ萎えているそのペニスへ舌を伸ばした。

「あ……んっ……ぁ……ああんっ」

ざらりとした舌でペニスを舐め上げられ、喉を反らしてトワが喘ぐ。

ヒュウゴの舌先はゆっくりとトワのペニスを愛していく。厚ぼったい舌で全体をくるむように舐めたかと思うと、根元から裏筋にかけ一気に舐め上げた。ざらざらとした彼の舌はトワの久しぶりの官能に火をつけ、その火は次第に大きくなっていく。

ちくり、と先っぽの割れ目に食い込む彼の爪。揉まれる陰嚢。そこにはたっぷりと精が詰まっていて、彼の大きな手で揉まれるとどうしようもなく感じてしまう。

「あ……ふっ……あ、いや……あ、ああっ……」

充血しきり、膨らみきったペニスから次から次に蜜が溢れて竿を伝って流れていった。

トワは両手でベッドの上のシーツをかき寄せ、あられもなく声を上げ続ける。

「相変わらず可愛い声だ……もっと聞かせろ……トワ」

ヒュウゴはトワの耳許で熱い息を吐きかけて、煽るように囁く。

ペニスをあやしながら、ヒュウゴの指は別のところへと伸びる。トワの脚を割り開き、白い尻の奥にある密やかな蕾。しばらくなにも飲み込んでいない、きつく窄まったそこにヒュウゴの指がのめり込んだ。

「んっ……！　あぁ、あっ……ん」

彼の長い指が敏感な内壁を抉るように擦り、奥を探ってくる。

「久しぶりだから、きついな。ちぎられそうだ」

指を増やされ、ぐりぐりと抉られる。久しぶりとはいっても、既に官能を知ったトワの体は指ではないものが欲しくて、焦れったそうに腰を揺らす。

「けど、ぬるぬるしてる。もう欲しいのか？」

中を彼の指で弄られるだけで、じゅん、と体の奥から濡れてくる。

ヒートでもないのに、体が、心が、熱くてどうにかなってしまう。この熱を鎮めるのがなにかをトワは知っていた。

「ヒュ……ゴので開いて……っ、ここ……っ、欲し……っ」

荒く熱い息を吐き、トワは自分の指をそこに添える。オメガであるがゆえに淫乱な体を持つ自分もヒュウゴはとっくに知っていて、それさえ可愛いと愛しんでくれるから、こうして素直にねだることもできる。

快楽の熱に浮かされた潤んだ目でヒュウゴを誘うと、ぎしりとベッドが軋んだ。

「……ったく、うちの奥さんは可愛いねえ」

欲情しきった声がトワの鼓膜に届くなり、ヒュウゴの体がトワに傾いだ。

「んんっ、あ……あ……アァッ！」

トワの蕾に押しつけた熱塊が、ゆっくりと中へ沈んでいく。

「……トワ、ああ……イイ……っ」

掠れきったヒュウゴの声も、トワの頭を熱くさせる。

ずぶずぶと押し入る彼の大きなもので中を開かれ、トワは脚をピンと伸ばし、つま先を丸めた。

「あ……ぁ、あ、あ、ああ……ぁ」

ヒュウゴは腰を回しながら、彼のものを奥まで収めきると、ゆるくトワを揺すって突き上げた。深い場所で小さく揺らされる。彼の太い尻尾が太腿に触れ、さわりと撫で上げるとさらにトワを悦ばせた。

「……ぁ、んっ、あ、ああんっ」

トワは胸を反らせ、快感に溺れる。彼に抱かれると、繋がった部分から溶けてしまうかといつも思う。

そんなトワの腰をヒュウゴはしっかりと抱きかかえ、繋がっている場所を見つめている。襞がめいっぱい広げられた場所はひくひくと蠢いているに違いない。それが彼をどれほど興奮させているのか。トワは自分の中で彼のものが膨れ上がるのを感じながら、うっとりとなっていた。

「ヒュウゴ、大き、い……う、れしい……」

自分に興奮してくれていると思うとトワは幸せな気持ちになる。

このひとにずっと焦がれて、好きで、好きでたまらなかった。体だけでも繋がりたい、そんなふうに考えるときもあった。けれど……。

「だから、煽るな……我慢できなくなる」

顔をしかめて、トワを熱のこもった目で強く見つめてくる。

「我慢しないで……いっぱい、愛して……」

トワがゆるゆると自ら誘うように腰を動かすと、ヒュウゴは唐突に激しく突き上げだす。

「ああッ！　あっ、あっ、あ、あっ」

「愛してやるさ……めいっぱいな。ふぅ……っ、はっ、もたねぇな……ちくしょう」

ヒュウゴは舌なめずりをして、トワの細い腰を強く支えると、抉るように中を穿つ。

「あ……んっ、やっ、い、いいっ、いいっ……」

あまりによくて、とうとうトワは啜り泣きながらさらに快楽を求める。ヒュウゴの腰に脚を搦め、もっと深くと彼を求めた。

「イく……っ、奥……っ、もっと、奥に欲し……っ」

泣きじゃくりながら、欲しいとうわごとのように呟いて喘ぐ。

「やらしくて、可愛いな、トワは。そら……イけよ」

ずん、と最奥を抉られ、トワはひときわ高い声を上げる。

「あ、あ、あ、ああ――ッ」

その強い刺激にトワは戦慄（わなな）きながら達する。トワの温かい蜜が、ヒュウゴの顔にまで飛び散った。ヒュウゴは満足そうにそれを指で拭い取ると、自らもトワの中で解放した。

どくどくとトワの中にたっぷりと精液を流し込んで、トワを抱きしめる。

「愛してるよ、可愛い奥さん」

いつまでもおまえを。

そう言いながら、ヒュウゴは温かくやわらかい毛皮でトワの体を包み込む。

窓の外にはいつかと同じように星が空いっぱいにきらめき瞬いていた。

あとがき

こんにちは。もしくははじめまして。淡路水と申します。

このたびは「狼獣人と恋するオメガ」をお手に取ってくださり、ありがとうございます。

オメガバースでそして大好きなスチームパンクっぽい世界観のお話、とても楽しく書くことができました。獣人というのははじめてだったのですが、強くて頼もしくてやさしい狼さんにしたくて頑張ってみました。また受けのトワもわたしのこれまで書いていたお話にはあまり出てこないタイプで、常にヒュウゴに「好き！」と言い続けている積極的な子になりました。トワが可愛く、ヒュウゴがかっこいいと思っていただけていたらいいなと思っています。

イラストは今回、駒城ミチヲ先生にご担当いただきました。駒城先生とご一緒するのは二度目になりますが、再びお仕事ができてとても嬉しかったです。かっこいいヒュウゴと可愛いトワを描いていただけて、幸せです。駒城先生、本当にありがとうございました！

読んでくださった皆様が少しでも楽しい気持ちになっていただけますように。

淡路 水

ラルーナ文庫

この本を読んでのご意見・ご感想・ファンレターなどお待ちしております。**〒111-0036 東京都台東区松が谷1-4-6-303 株式会社シーラボ「ラルーナ文庫編集部」**気付でお送りください。

本作品は書き下ろしです。

狼獣人(おおかみじゅうじん)と恋(こい)するオメガ

2018年8月7日 第1刷発行

著者｜淡路 水(あわじ すい)

装丁・DTP｜萩原 七唱

発行人｜曺 仁警

発行所｜株式会社 シーラボ
〒111-0036 東京都台東区松が谷1-4-6-303
電話 03-5830-3474／FAX 03-5830-3574
http://lalunabunko.com

発売｜株式会社 三交社
〒110-0016 東京都台東区台東4-20-9 大仙柴田ビル2階
電話 03-5826-4424／FAX 03-5826-4425

印刷・製本｜中央精版印刷株式会社

ISBN978-4-87919-963-8